RED
ISLAND

KB191329

RED ISLAND 2 (큰글씨책)

초판 1쇄 발행 2018년 1월 30일

지은이 김유철
펴낸이 강수걸
편집장 권경옥
펴낸곳 산지니
등록 2005년 2월 7일 제 333-3370000251002005000001호
주소 부산광역시 해운대구 수영강변대로 140 BCC 613호
전화 051-504-7070 | 팩스 051-507-7543
홈페이지 www.sanzinibook.com
전자우편 sanzini@sanzinibook.com
블로그 http://sanzinibook.tistory.com

ISBN 978-89-6545-476-2 04810
      978-89-6545-474-8 (세트)

* 책값은 뒤표지에 있습니다.
* 이 도서의 국립중앙도서관 출판예정도서목록(CIP)은 서지정보유통지원시스템
홈페이지(http://seoji.nl.go.kr)와 국가자료공동목록시스템(http://www.nl.go.kr/
kolisnet)에서 이용하실 수 있습니다.(CIP제어번호: CIP2017035397)

큰글씨책

RED ISLAND ②

레드
아일랜드

김유철
장편소설

산지니

차례

2 장

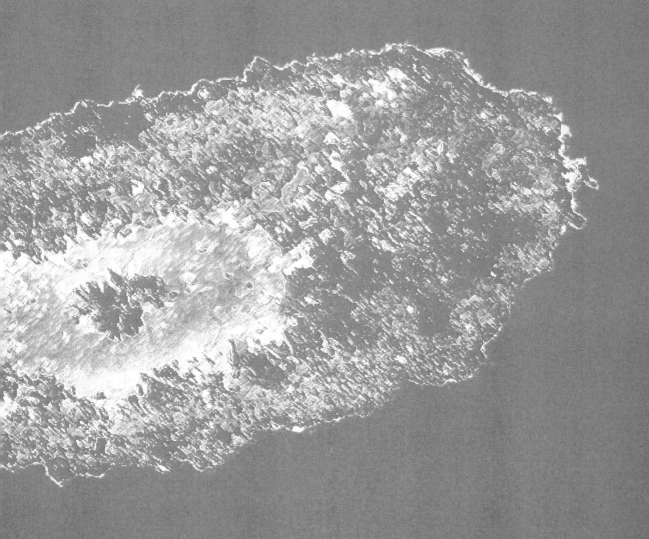

2 장

1

화북국민학교는 제주읍과 삼양을 잇는 도로변과 가까운 곳에 위치해 있었다. 화북국민학교에서 해안 쪽으로 3여 리 정도 걸어 들어가면 가운데곤지동과 바깥곤지동의 중간 지역이 나온다. 그곳에서 다리를 건너면 김헌일이 사는 안곤지동이다. 안곤지동과 가운데곤지동, 바깥곤지동의 경계가 되는 것은 모두 화북천을 가로지르는 다리다.

4.3 이후 제주에 있는 학교가 대부분 무기휴학에 들어가면서 김명호는 아이들을 가르치는 대신 야학을 열어 아직 글을 깨치지 못한 화북 사람들에게 한글을 가르치기 시작했다. 홍성수가 3홉들이 병에 좁쌀 청주를 담아 학교 운동장에 들어섰을 땐 막 수업이 끝난 뒤였다. 교실 창 밖에 서 있는 홍성수를 발견한 김명호가 교재를 챙기다 말고 손을 흔들며 '여어' 하고 반긴다.

어디서 가져왔는지 김명호의 손에 마른 멸치가 한 움큼 들려 있다. 넓은 질그릇에 담아 대가리와 내장을 꺼낸 뒤 홍성수의 손에 쥐어 준다. 이곳에서 잡아 올린 멸치는 화북 특유의 바다 냄새가 배여 있다. 홍성수는 사찰주임이 건네준 고기 통조림보단 여기서 나는 멸치가 술안주로 제격이란 생각이 든다. 고추장에 찍어 멸치를 입안으로 가져간다. 짭짤한 맛과 함께 고소한 뒤끝이 혀에 맴돈다. 술잔 대신 찻잔에 따라 마시는 청주도 제법 운치가 있다. 여름이 절정에 오면서 저녁 7시가 되어도 하늘은 아직 검은 물이 들지 않았다. 풀벌레 소리가 여름밤을 재촉하듯 사방에서 들린다.

"헌일인 어떻습니까?"

"많이 좋아졌더군요."

"종일이 성님 일은 정말 안됐습니다."

"형제처럼 지내던 사람들이라 헌일이도 충격이 컸던 모양이에요."

찻잔을 기울이며 두 사람은 동문서답을 하듯 말을 주고받는다.

"기호 어머니 장렌 잘 치렀는지요."

"마을 어른 몇몇이 팔을 걷어붙이고 나서서 마무릴 했습니다."

"평화로운 곳이었는데……."

쓸쓸해하는 홍성수의 표정 때문인지 김명호도 마음이 울적해진다.

"성내는 어떻습니까?"

"거긴 사람들로 붐비더군요. 육지서 들어온 군인과 경찰들로……."

김명호가 '허헛' 하고 쓴웃음을 지으며 청주를 입으로 가져
간다.

"다행히 여긴 조용하군요."

"폭풍 전의 적막감이라 표현하는 게 맞을 겁니다."

"왜요?"

"북에서도 선거가 있었다는군요."

"소문은 저도 들었습니다."

"제주 남로당 군사부책을 맡았던 김달삼이란 자가 북으로 넘
어갔단 소문이에요. 거기서 헌법위원으로 선출되었다고 말입니
다. 제주에서의 투쟁으로 영웅칭호를 받을 만큼 인기가 좋았던
모양이에요."

학도병 출신인 김달삼은 잘생긴 외모에 강단이 있는 데다, 한
때 대구에서 노동운동을 했을 만큼 사회주의를 신봉하고 있었
다. 4월 3일에 있었던 무장투쟁도 그의 주도에 의해 일어났다는
소문이 돌았다.

"산사람들이 마을로 내려와 백지날인을 찍어 간 이유를 알겠
더군요……. 애월에 사는 외삼춘도 가명을 올리고 억지로 손도
장을 찍어 줬다고 했으니까."

"불길하군요."

"남과 북의 틈새에서 제주는 남한이 아닌 북한을 지지한 셈이
되어 버렸습니다."

김명호가 붉게 노을이 지는 하늘을 올려다보며 한숨을 내쉰다. 저 붉음 뒤에는 짙은 어둠이 밀려올 것이다. 아마 제주의 운명도 그와 비슷하겠지. 김명호는 혼잣말처럼 내뱉는다. 홍성수가 찻잔에 청주를 따르며 다시 건배를 청한다. 이 순간만큼은 절망적인 현실을 잊고 즐거이 술과 사람에 취하고 싶을 뿐이다.

"서울에 있는 선배로부터 얼마 전 편지가 왔어요. 로빈슨이라는 미국 군사관이 우리나라의 민족주의자들은 우익의 위장과 좌익의 입을 가지고 있다고 우스갯소릴 하는 걸 들었다고요. 양키들까지 우릴 비웃고 있는 거예요……."

김명호의 자조 섞인 웃음이 뒤따른다. 홍성수가 이번엔 하늘을 올려다보며 크게 한탄을 한다.

"이북은 어떨까요? 그들은 정말 우리가 원하던 세상을 만들고 있을까요?"

"모두들 그곳에서 희망을 찾으려 하더군요. 하지만 이북도 46년 이후로 언론의 자유가 없어졌다고 들었어요. 토지개혁 역시 국민이 아닌 당을 위한 거라더군요. 북에 대한 막연한 환상만큼이나 찬양 일색인 것도 불길하긴 마찬가지예요."

"그게 권력의 속성인지도 몰라요."

"그렇다면 정말 희망이 없는 걸까요?"

"우리 힘으로 독립을 이루지 못한 까닭이겠죠. 그래서 강대국들의 실익에 따라 나라가 두 동강이 날 지경에 이르렀으니……."

"친일파들이 여전히 제주에서 활개 치고 다니는 것도 참을 수가 없어요."

어느새 청주가 바닥이 났다. 두 사람은 어깨를 나란히 하고 학교를 빠져나온다. 시원한 바닷바람을 맞으며 곤지동으로 걸어간다. 시국 얘기만 아니라면 김명호의 얼굴에도 미소가 인다. 홀로 남은 어머니를 위해서라도 결혼을 서둘러야 하지 않느냐고 묻는 홍성수에게 고개를 좌우로 흔들며 김명호가 대꾸한다.

"결혼은 홍 형이 먼저지요."

"실은 인연을 만났어요. 이곳에서."

"아! 곤지동으로 다시 돌아온 이유가 그 때문이었군요."

김명호가 호기심 어린 눈으로 홍성수에게 묻는다.

"그런데 누굽니까? 그 운명의 아가씨는?"

대답 대신 홍성수는 몇 발짝 걸음을 빨리한다. 김명호가 그의 등 뒤에서 소리친다.

"소문이 맞나요?"

"소문이라뇨?"

홍성수가 뒤돌아서서 묻는다.

"제 어멍이 말해줬거든요."

홍성수는 흑단 같은 암석 사이에 서 있던 권유순의 모습을 떠올린다. 막 자맥질에서 나온 듯 발갛게 물든 그녀의 뺨에선 보조개가 일었다. 김 노인의 손녀딸인 성란이 홍성수의 이름을 부르며 아는 척을 했을 때, 김명호의 어머니인 고 씨도 홍성수와 권유순을 번갈아 바라보며 묘한 표정을 짓고 있었다.

"다음에 만날 때 말해 주겠소."

앞서 걷던 홍성수가 대답한다.

"그럼 저도 소문의 당사자가 누군진 다음에 말씀 드리죠."

중요한 비밀이라도 되는 듯 너스레를 떨던 두 사람은 서로를 마주 보며 웃는다. 어느새 마을 입구로 들어선 김명호가 2차를 가자고 부추긴다.

"어머니께 폐를 끼치고 싶진 않아요."

"그런 말 하지 맙써. 날 살린 게 누군데…… 어멍이 만든 둠비에 짐치 얹어서 시원한 조 택베기나 먹으러 갑시다."

제주사투리를 섞어 가며 친근감 있게 말하는 김명호의 손에 이끌려 홍성수는 다시 걸음을 옮긴다. 김명호는 흥이 난 듯 홍성수의 어깨를 잡으며 민요조의 노래를 부르기 시작한다. 서청을 빗대어 유행하던 신판민요다.

"류쿠삭크 둘러메고 무엇 하러 왔더냐. 백 원짜리 담으려고 네 여기 왔느냐……."

2

대한민국정부가 수립된 뒤에도 무장대의 산발적인 테러와 그에 대응하는 토벌대의 충돌이 제주 곳곳에서 발생했다. 남로당 세포조직에 대한 검거작전도 계속되었다. 제주읍 칠성통의 모자점이나 약방으로 들어오는 물품 중에 섞여 있던 남로당 지령문이 적발된 것도 그 무렵이다. 모자점과 약방을 운영하던 이들이 모두 남로당 당원이라는 사실이 밝혀졌다. 그들은 펜으로 쓴 지령문을 두루마리처럼 말아 담배개비 속에 끼워 넣거나 몸속에 숨겨 지방의 세포들에게 전달했다. 지령문은 남한단독정부가 들어섰으니 더 이상 기대할 것이 없다, 그러니 모두 반정부 운동에 동참하되 신분 노출의 위험이 있는 당원은 입산해 장기전에 대비하라는 내용으로 채워져 있었다.

김헌일이 잡혀간 건 약방의 사장이 체포된 지 이틀만이었다. 아침상을 물린 뒤 인선과 함께 막 말을 시작한 성진의 모습을 흐뭇하게 바라보고 있을 때다. 4명의 사복경찰이 찾아와 다짜고짜 김헌일에게 수갑을 채운다. 인선은 성진을 부둥켜안은 채 군화발로 들어오는 남자들을 올려다본다. 그 순간 곤지동의 악몽이 되살아난다. 산사람들을 피해 제주읍까지 내려왔는데 이번엔 경찰이 남편을 이유도 없이 잡아가는 것이다. 그녀는 이해할 수 없다는 듯 도리질을 치며 경찰들에게 소리친다.

"이 봅서. 무슨 일이우꽈. 제 남펜 아무 죄 없수다. 시아주방도 산사람들에게 납치당허고 이곳으로 피난 오지 않았수꽈? 갠데 아무 죄 없는 남펠 왜 잡아가우꽈!"

그녀의 절규에도 경찰들은 대꾸 한마디 하지 않는다. 끌려가는 김헌일의 손을 잡으며 필사적으로 매달려도 소용없다. 얼굴에 커다란 점이 있는 경찰이 그제야 인선의 어깨를 밀치며 말한다.

"겁먹지 마라. 조사할 게 있으니까 가는 거디."

인선이 점박이 경찰의 바짓가랑이를 잡고 애원한다.

"우리 남펜 산사람들에게 맞아 죽을 고비 넘겼주. 이제 겨우 몸 추스르고 있수다 양!"

"이 건물 주인이 남로당 당원이라는 게 밝혀졌디. 기러니까 담시 조사하는 것뿐이야."

그리고 김헌일을 연행하는 경찰들에게 소리친다.

"뭐하니? 날래 가디 않구!"

인선이 현관문을 몸으로 막아섰지만 점박이 경찰이 그녀를 옆으로 밀쳐낸다. 김헌일이 바닥에 주저앉는 인선을 보며 말한다.

"무슨 착오가 있었을 거요. 걱정하지 말아요."

인선이 고개를 끄덕이며 눈물을 흘린다. 도대체 무슨 날벼락인지 모를 일이다. 김헌일이 대로변에 정차한 지프에 몸을 싣는 동안 인선이 따라 나오며 '죽지 맙서. 죽지 맙서.' 하고 주문을 외우듯 되풀이 말한다. 조수석에 앉은 점박이가 출발 신호를 보내며 짜증스럽게 내뱉는다.

"날씨가 죽여두는구만. 이래 더운 곳에서 얼케 여름을 나갔어."

김헌일이 끌려간 곳은 도청 앞에 위치한 제주경찰서다. 미 군정청과 관덕정이 맞닿은 곳이다. 경찰서 앞마당에는 높이가 10미터는 되어 보이는 망루가 세워져 있고 경찰 한 명이 주변 경계를 서고 있다. 바리게이트 앞에는 캘리버 자동소총을 잡은 경찰관도 보인다. 수사과가 적힌 사무실에서 출생지와 가족사항, 이름과 나이를 확인한 뒤 곧장 유치장으로 끌려간다.

가로세로 길이가 3미터에서 4미터 정도 되는 감방이 좌우로 길게 늘어서 있다. 책상에 앉아 신문을 읽고 있던 30대 초반의 경찰이 복도로 통하는 철창문을 연다. 감방마다 사람들로 가득하다. 복도 제일 끝에 있는 감방 문을 열면서 동료경찰에게 묻는다.

"걸마들 하고 엮겼나?"

육지 사투리가 섞인 말투다.

"그 자식들 입에서 나온 이름만 모두 사십 두 명이야. 귀찮아 죽겠어."

김헌일이 감방 안으로 들어가자마자 다시 문이 잠긴다. 경찰들은 나란히 복도 밖으로 걸어가면서 제주의 무더운 여름 날씨로 화제를 돌린다.

감방 안은 발 디딜 틈이 없을 만큼 만원이다. 도대체 몇 명을 더 구겨 넣을 거냐고 짜증을 내는 사람도 있다. 창문 하나 없는 밀폐된 공간에 백열구만 노랗게 빛을 내고 있다. 김헌일은 한증막처럼 후덥지근한 공기에 숨이 막힌다. 사람들의 몸에서 뿜어져 나오는 열기와 땀 냄새에 적응하기가 힘들다. 그나마 바람이 잘 통하는 문 쪽에 자리 잡은 사람들은 신선한 공기를 마실 수 있다. 하지만 대부분의 사람들이 비좁은 마룻바닥에 쪼그리고 앉아서 힘겨운 시간을 보낸다. 등을 앞으로 숙이거나 엉덩이를 살짝 들어 김헌일이 안으로 지나갈 수 있게 길을 만들어 준다. 겨우 빈자리를 찾아 앉았을 때 옆에 있던 30대 중반의 남자가 무슨 죄목으로 끌려왔는지 묻는다.

"저도, 그 이유를 잘 모르겠어요."

"혹 약방이나 문구점하고 관계가 있소?"

"약방 주인 집에 세 들어 살고 있습니다."

"고약하게 됐군. 며칠 전 잡힌 남로당 조직원들 중에 약방 주인도 있다더니……."

남자는 김헌일의 얼굴과 입성을 살피며 덧붙인다.

"원정로에 있는 헌병대 건물 지하에 취조실이 있어요. 그곳에서 고문이 자행된다는 소문이더군. 왜정시대 때부터 고문 기술자로 유명한 사람이 있단 소릴 들었거든. 그놈한테 걸리면 누구라도 입을 열지 않곤 못 배긴다니까……. 약방 주인도 아마, 기억나는 이름은 모두 불었을 거요."

"말씨를 보니 여기 사람은 아니군요."

"아, 난 서울서 온 취재원 장준오라 하오."

큰 덩치에 환한 표정의 사내다. 그는 손을 내밀어 악수를 청한다.

"제주읍에서부터 예비검속이 시작될 거란 소문이오. 인민위원회에 가입했던 사람들 모두 빨갱이로 몰아갈 작정이던데……."

그때 한 남자가 자리에서 일어나 '대한민국 만세!'를 외치며

문 앞으로 다가간다. 감방 문을 두드리며 고함을 질러 대는 통에 주변이 꽤나 시끄러워진다. 소란이 커지자 경찰들이 되돌아와 남자를 끌고 나간다. 남자는 복도를 걸어가면서도 계속 '대한민국 만세'를 외친다.

"취조를 당해 본 적 있소?"

김헌일이 고개를 좌우로 흔들며 장준오라는 사람을 바라본다.

"당신은요?"

"왜정시대 때…… 모질게 당해 봤지……."

그리고 허탈한 듯 미소를 짓는다.

"해방된 뒤에도 친일 고문경찰들에게 똑같은 짓을 당해야 하다니……. 고문을 당하면 더 이상 자존심을 세울 수 없소……. 인격이니 품위니 하는 것이 얼마나 하찮은지 깨닫게 되니 말이오. 그러니 김 형도 내 말 명심하시오. 절대로 자신을 벌레처럼 생각해선 안 된다는 걸. 무슨 짓을 당하더라도 자신이 누구라는 사실을 결코 잊어버려선 안 된다는 걸 말이오."

"무슨 짓을 당하더라도…… 말입니까?"

김헌일이 장준오와 시선을 마주치며 묻는다. 기자는 백열전구를 손가락으로 가리키며 대답한다.

"어디든 희망이란 있는 법이니까."

3

유치장에서 보내는 하루가 열흘보다 길게 느껴진다. 딱딱하고 차가운 마룻바닥과 화장실에서 흘러나오는 지린내까지. 조금만 몸을 뒤척여도 옆사람과 부딪친다. 다리를 뻗을 만한 공간도 없다. 거기다 홀로 남은 인선과 성진 걱정에 밤이 새도록 잠을 이루지 못한다.

새벽녘에도 몇 명의 사람이 어디론가 끌려 나간다. 그중에 반수 가까이가 감방으로 돌아오지 않는다. 언제 자신의 차례가 될지 모른다는 두려움과 긴장감이 방 안에 가득하다. 김헌일도 자다 깨다를 반복한다. 설핏 잠이 들었을 땐 대학생 모습의 종일과 마주치는 꿈을 꾸기도 한다.

복도에서부터 날이 밝아 왔지만 모두들 새우처럼 몸을 웅크린 채 누워있다. 서울에서 왔다는 장준오는 코까지 골면서 잠을 잔다. 김헌일이 몸을 돌려 반대방향으로 팔베개를 하고 누웠을 때 곤봉을 든 경찰들이 유치장 복도로 들어온다. 그들은 감방 문을 두들겨 대면서 '기상이다! 모두들 일어나! 일어나!'라고 소리친다. 대부분의 사람들이 힘겹게 몸을 일으킨다. 새벽에 끌려가 매타작을 받은 이들은 몸을 가누지 못할 만큼 거동이 불편해 보인다. 카빈소총을 든 경찰들이 복도 주위를 둘러싼다. 점박이가 앞으로 나서며 큰소리로 말한다.

"지금부터 내 말으 잘 듣기 바랍네다."

잠시 뜸을 드리던 그가 말을 잇는다.

"지금부터 이감 준비르 시작합네다. 이감할 곳은 농업학교에 있는 임시수용솝네다. 모두들 질서를 잘 지켜서 나오기 바랍네다."

그가 눈짓을 하자 경찰들이 복도 끝에서부터 차례로 감방 문을 연다. 그러나 사람들은 두려움에 밖을 나가려 하지 않는다. 점박이가 주위를 둘러보며 다시 설명을 늘어놓는다.

"아아, 겁낼 필욘 없습네다. 밖에 스리쿼터가 대기 중이니까니……. 아침 식사도 그곳에 둔비되어 있으니까 빨리 나오시라요."

점박이는 다른 경찰과 달리 반말을 사용하지 않는다. 스스로도 그런 자신의 태도가 마음에 드는지 흡족한 미소를 짓는다. 곤봉을 든 경찰이 '수용인원이 너무 많아서 옮기는 것뿐이다.'라고 덧붙인다. 그제야 사람들이 복도로 하나둘 걸음을 옮긴다.

점박이 말대로 경찰서 앞마당에는 10대의 스리쿼터가 시동을 건 채 대기 중이다. 망루 위에 있는 경찰이 카빈소총을 어깨에 둘러멘 채 마당 쪽을 내려다본다. 스리쿼터 주변에는 경찰 대신 무장한 경비대들이 손을 내저으며 '빨리! 빨리!'라고 재촉한다. 사람들은 유치장을 나온 순서대로 종종 걸음으로 스리쿼터의 짐칸 위로 올라간다. 김헌일은 두 번째 스리쿼터에 몸을 싣는다. 짐칸 위에서 미리 대기하고 있던 군인이 "올라온 순서대로 안쪽에서부터 무릎을 꿇고 앉는다. 머리는 들지 말고 질문도 하지 마라!"

라고 계속해서 주의를 준다. 조금이라도 동작이 굼뜨면 카빈 소총의 개머리판이 사정없이 등이나 뒤통수에 꽂힌다. 짐칸 위로 올라온 몇몇 사람이 군인의 말을 듣지 않고 멋대로 행동하다가 군화에 짓밟힌다.

차가 제주 시내를 가로질러 이동할 때에도 사람들은 고개를 들지 못한다. 얼마 지나지 않아 스리쿼터는 제주읍의 끝자락에 자리 잡은 농업학교 운동장으로 들어간다. 학교 둘레는 성처럼 돌담이 둘러싸고 있고 정문 위에는 감시대가 세워져 있다.

제주농업학교의 운동장은 둘로 나뉘어 있는데 위쪽은 연병장으로 아래쪽은 수용소로 사용하고 있었다. 10대의 스리쿼터가 아래쪽 운동장에 차례로 정차한다. 먼저 군인들이 차에서 뛰어내린다. 운동장 가운데 서 있던 젊은 장교가 경찰에서 인계받은 서류를 들춰보며 한 명씩 호명한다.

"김헌일!"

장교의 목소리가 또다시 울린다. 김헌일이 손을 들고 일어선다. 짐칸 위에 서 있는 군인이 내려가라는 눈짓을 한다. 김헌일은 고개를 끄덕이고는 차에서 내려 곧장 장교 앞으로 걸어간다. 그는 서류를 바라보면서 '어디 출신이지?' 하고 묻는다.

"화북입니다."

김헌일이 대답한다. 장교는 '지금 사는 곳은?' 하고 다시 묻는다.

"도립병원 근처에 살고 있습니다."

"아니, 주소 말야."

김헌일이 주소를 말하자 장교는 고개를 끄덕이면서 다음 사람의 이름을 부른다. 김헌일은 운동장에 대기 중인 사람들의 뒷줄로 걸어가 차렷 자세를 한다. 긴장한 탓인지 허기조차 느낄 수 없다.

운동장 앞에는 아치형 콘센트건물이 나란히 서 있다. 건물 앞에 성조기가 휘날리는 걸 보니 미군들이 사용하는 건물이 분명하다. 위쪽 연병장에는 왜정시대에 지어진 농업학교 건물이 보인다. 입구 기둥에는 9연대본부라는 현판이 세로로 걸려 있고 무장한 헌병이 경계근무를 서고 있다. 천막수용소가 있는 아래 운동장은 철조망으로 구역을 나눠 놓았는데 남자들은 주로 천막에서, 아이와 노인, 여자들은 나무판자로 지어진 막사에서 생활하고 있었다. 김헌일이 막사 쪽으로 시선을 돌리자 그곳에 모여 있던 사람들의 모습이 한눈에 들어온다. 아기에게 젖을 물리는 여인도 있고 공기놀이를 하는 코흘리개 아이들도 있다. 흡사 난민수용소 같은 느낌이다.

"일동 차렷!"

인원체크가 끝나자 장교와 같이 있던 하사관이 소리친다. 4열 횡대로 줄지어 선 사람들 모두 긴장된 얼굴로 정면을 바라본다.

"이곳에서 여러분들은 조사를 받게 된다. 죄가 있는 사람은 육지형무소로 이감돼 실형을 살게 될 것이고 나머진 양민증을 발

급받은 뒤 석방될 것이다."

사람들을 쭉 훑어본 뒤에 장교가 다시 말을 잇는다.

"이곳 규칙을 잘 지킨다면 불이익을 당할 걱정은 없다. 그리고 설사 빨갱이 짓을 했더라도 진심으로 뉘우치고 협조한다면 죄를 묻지 않을 생각이다. 이 점 새겨듣도록!"

장교의 연설이 끝나자마자 철조망 안으로 이동하라는 명령이 떨어진다. 줄지어 선 사람들은 군인들의 지시에 따라 4열 횡대로 수용소 안으로 걸어간다. 그때 줄에서 튀어나온 장준오가 장교에게 다가간다. 그는 수첩에서 명함을 꺼내 보이며 입을 연다.

"이봐요. 중위님. 어떻게 적군도 아닌 일반 시민이 수용소에 수감될 수 있는 겁니까? 뭔가 착오가 생긴 게 아니라면 있을 수 없는 일입니다. 여기 있는 사람들은 폭도가 아니라 제주도민들이라구요. 대한민국 국민 말입니다."

"이 새끼가 방금 했던 말 못 들었어!"

장교의 손이 다짜고짜 기자의 뺨으로 향한다. 그는 이해할 수 없다는 표정으로 장교를 바라본다. 장교는 자신을 똑바로 쳐다보는 장준오를 도저히 용납할 수 없는 모양새다. 그는 사병이 들고 있던 카빈소총을 빼앗아 개머리판으로 사정없이 장준오의 얼굴을 짓이긴다. 그 충격 때문인지 거구의 장준오는 몇 발짝 물러서지도 못하고 바닥에 주저앉는다. 그의 이마에서 뿜어져 나온 선홍색 피가 순식간에 와이셔츠를 붉게 물들인다. 장교가 다시 기자에게 다가가 등을 짓밟는다. 폭행을 멈추지 않자 옆에 있던 하사관이 제지하고 나선다. 뿌연 흙먼지 아래에 시체처럼 널브러진 장준오를 가리키며 장교가 소리친다.

"봤나? 이곳에선 복종 외엔 아무것도 생각하지 마라. 개인적인 행동도 질문도 용납되지 않는다. 너희들은 오직 우리가 묻는 말에만 대답하면 돼!"

그리고 그는 4열 횡대로 줄지어 선 사람들 중 두 명을 손가락으로 지목한다. 사람들이 다가오자 장교는 쓰러진 장준오를 부축하라고 명령한다. 모든 광경을 묵묵히 지켜보던 김헌일의 얼굴에 절망감이 깃든다.

'아아, 이것이 제주의 현실이었구나.'

4

3년 만에 다시 만난 석호는 살이 많이 불어 있었다. 화북지서에서 고문을 받고 만신창이가 된 만식이 겨우 바깥출입을 하게 되었을 무렵이다. 텃밭에 나가 감자를 캐고 노루사냥에 쓸 올가미를 설치하고 돌아오는 길이었다. 마당에 서서 그를 기다리던 석호가 미소를 지으며 다가왔다. 부산항에서 각자의 길을 가자며 마지막 인사를 나누던 순간이 떠올랐다. 그때도 석호는 미소를 지으며 방만식의 손을 잡아 주었다. 그동안 어디서 무엇을 하고 지냈는지 지쿠호에서의 모습은 더 이상 찾아볼 수 없었다. 전과는 다른 삶을 살겠다는 의지도 희박해져 가던 방만식에게 석호는 일종의 구세주나 마찬가지였다.

"지쿠호 탄광에서 제갈이 죽어 가면서 부탁했던 말을 잊을 수가 없었어."

고구마로 만든 소주를 나누어 마시며 석호는 말한다. 제갈이 살던 동광리로 찾아가 제갈의 부모와 형제들을 만나 위로하고, 얼마간의 돈도 쥐어 주고 왔다는 그는 움집이나 다름없는 방 안을 둘러보며 방만식에게 묻는다.

"자넨 어떻게 살아 왔나?"

"다를 게 없수다."

"나 역시 마찬가지였네. 후쿠오카를 거쳐 부산에 들어갈 때만 해도 희망에 부풀어 있었지만 현실은 녹록치 않았지……. 처음의 호기는 사라지고 무기력한 일상을 반복하는 비루한 시간을 보냈던 것 같아……. 해방 전처럼 여전히 세상은 모순으로 가득 차 있지만 내가 할 수 있는 건 아무것도 없었어."

"게메 난 검정개한테 끌려가 죽을 고비를 넘기멍 겨우 몸을 추스르고 있수다양."

방만식이 자조적인 미소를 지으며 대꾸한다.

"무엇 때문일까? 세상이 변하지 않은 건?"

"모르쿠다. 아니 관심이 없으멍."

"적어도 지쿠호와 하카다에선 이러지 않았지. 만식이라는 사내는……."

하지만 방만식은 애써 그의 말을 무시하며 되묻는다.

"돌아갈 배편은 구했수가?"

"아니……. 난 육지로 돌아가지 않네."

"하멍……."

"제주에서 할 일이 있어."

"무슨 말이우까?"

석호는 대답 대신 미소로 얼버무린다. 침묵하는 순간 모두 그들의 편이 되는 것이다. 편을 나누어 싸우는 것이 혁명이라면 우린 적어도 옳은 편에 서야만 한다. 석호는 하카다항의 조선인 수용시설에서처럼 자신의 주장을 늘어놓는다.

"게메, 석호가 생각하는 옳은 펜은 어디이우까?"

"민중……. 제주의 민중이 바로 우리 편일세."

그날 방만식은 미련 없이 석호를 따라나섰다. 이미 곤지동에 대한 애착은 사라진 지 오래였다. 입산을 하면서 방만식은 제주의 현실을 좀 더 자세히 이해할 수 있었다. 자신처럼 이유도 없이 끌려가 고문을 당한 사람들과 가족을 잃은 사람들, 석호처럼 혁명이 필요하다고 생각하는 사람들의 다양한 이야기를 들을 수 있었다. 해방 직전의 하카다 항에서처럼 방만식은 꿈틀거리는 무언가가 가슴 속에서부터 솟구쳐 올랐다.

석호를 올구[오르그, 상급기관(전남도당)의 조직 지도원]라고 하는 사람도 있었고 그냥 정치지도원 동무라고 부르는 사람도 있었다. 조직도 어느 정도 갖추어져서 무장대와 연락병, 취사대로 역할이 엄격히 구분되었다. 하루 세번 점호가 있었고 구보와 강도 높은 체력훈련을 받았다. 톱부대가 아닌 후방부대는 땔감을 모으거나 숯을 만들고 중산간 지방의 민주부락에서 식량을 실어 날랐다. 그리고 시간이 날 때마다 석호를 비롯한 정치지도원들에게 학습회라는 명목으로 교육을 받았다. 아침 조회에선 자기비판의 시간을 가졌고 3대 규율(모든 행동은 지휘에 따르고 대중으로부터는 못 하나도 빼앗지 않는다 등)과, 8항주의(포로를 괴롭히지 않는다 등), 자유주의배격 11조를 의무적으로 외워야 했다. 토벌대에게 생포당했을 때에는 잘못된 정보를 흘려 혼란을 야기시키는 구체적인 행동 요령까지 익혔다. 그래도 남는 시간이 생기면 방만식은 꿩이나 노루사냥을 다녔다. 약초와 열매를 따고 땅을 개간에 구황식물을 심었다. 방만식은 누구보다 부지런하게 일을 하고 훈련을 받았다. 차츰 그를 믿고 따르는 사람들이 늘어나면서 무장대 안에서 인지도도 높아졌다. 타고난 운동신경과 대범함, 그리고 어릴 때부터 제주의 산야를 뛰어다니며 익힌 길눈이 많은 도움이 되었다. 그때부터 사람들은 방만식을 방 두령이라고 불렀다.

한라산 꼭대기의 눈이 녹고 야생화가 필 무렵이었다. 석호가 사람들을 산사에 있는 마당으로 불러 모았다. 평소와 달리 군복을 입은 석호가 사람들을 향해 외쳤다.

"이제 행동으로 보여 줄 때가 되었습니다. 우리 스스로 친일파들을 처단하고 도민들을 비탄에 빠뜨린 미 제국주의의 앞잡이들에게 경고합시다. 우리의 단합된 힘을 보여 줍시다!"

모두들 석호의 말에 주먹을 쥐며 호응했다. 우리가 일어서면 서청과 경찰을 제외한 모든 도민들도 뜻을 같이할 것이다. 친일파의 처단과 남북분단을 막아야 한다는 공통된 목표가 있기 때문이다. 방만식 역시 석호의 말을 진실로 받아들였다. 화북에서 경찰부부와 사환을 죽이고 지서를 불태울 때까지도 양심의 가책을 느끼지 않았다. 요시무라처럼, 더 많은 사람들이 고통받지 않도록 그들은 마땅히 죽여야 할 사람이었다. 그게 제주를 위하는 길이라 믿었다.

하지만 언제부턴가 방만식은 의구심에 빠져들었다. 정의로운 일을 하고 있는 것인가? 제주도민들을 위해 싸우고 있는 것인가? 토벌대의 방화와 살인 뒤에 무장대의 보복이 있었고, 더 많은 토벌대들이 중산간 마을로 올라와 학살을 자행했다. 6월, 종달리에서는 경찰로 위장한 무장대가 마을로 들어가 경계 강화를 구실로 청장년들을 모이게 한 뒤 살해하는 일도 있었다.

"저들은 서청도, 경찰도, 경비대도 아니우다!"

방만식이 반대를 했지만 석호는 듣지 않았다.

"제주사람이라도 경찰에 동조한 이는 우리의 적일 뿐이지."

경찰과 똑같은 말을 하고 있다는 걸 석호는 깨닫지 못했다. '보복이 보복을 낳고, 복수가 복수를 낳는 거주. 하멍 그 속에서 희생당하는 사람은 제주도민이우다.' 방만식이 소리쳤지만 석호는 그 말 역시 들으려 하지 않았다.

대한민국정부가 수립되고 치안수습대책위원회가 제주읍에 만들어졌지만 제주도민들의 희생을 막기엔 이미 그 상처의 골이 깊어진 상태였다. 그리고 9월 9일, 북한에서도 조선민주주의인민공화국 선언이 있었다.

5

인선은 아침도 거른 채 집을 나선다. 제주읍에서 그녀가 기댈 수 있는 사람은 남편 외엔 한석희가 유일하다. 새벽부터 먹은 것을 토해 내고 울기만 하던 성진의 얼굴이 붉게 물들어 있다. 미열까지 확인한 인선은 날이 밝자마자 성진을 둘러업고 도립병원으로 향한다. 거리를 걷는 동안에도 그녀의 가슴은 답답하기만 하다. 온 사방이 김씨 집안을 해코질 하려는 사람들로 가득 찬 것 같다. 남문로터리를 지나자 도립병원의 흰색 건물이 시야에 들어온다. 마침 그때 맞은편에서 걸어오던 사내들이 음흉한 눈빛으로 인선의 몸을 아래위로 훑고 지나간다.

"아조 곱상하게 생겼구만 기래."

한 사내가 인선을 향해 내뱉는다. 그녀는 남자들과 시선을 외면한 채 걸음을 빨리한다. 그 모습이 마음에 들지 않는지 사내는 길바닥에 가래침을 뱉으며 덧붙인다.

"방뎅이가 실하니 맛있겠다."

옆에 있던 다른 사내가 웃음을 터뜨린다.

"고저 이 새끼르 여자 생각뿐이디."

"인생 뭐 별 것 있갔어. 이보라, 아침부터 어딜 그리 가는 길이가?"

뒤따라온 사내가 인선의 손목을 잡아끌며 묻는다. 그녀는 숨이 막힐 만큼 두려움이 밀려온다. 하지만 힘없이 잠들어있는 성진의 얼굴을 보며 용기를 낸다. 그녀는 매몰차게 사내의 손을 뿌리치며 발악에 가까운 소리로 내뱉는다.

"감찰청 사찰주임 집에서 일하는 사람이우다. 그 집 아덜님 아파서 급히 병원 가는 길인데 이렇게 길을 막아서도 되는 거우꽈!"

사내들은 감찰청 사찰주임이라는 말에 객쩍게 서로를 바라본다.

"에미나이 성질 머리하곤……. 애 잡기 전에 빨리 가 보라."

그들의 말이 떨어지자마자 인선은 걸음을 재촉한다. 등 뒤에서 사내들의 추잡스런 욕설이 들려오지만 모른 척 입술을 굳게 다문다.

"가벼운 감기 증상이니 걱정하지 마세요."

직접 주사까지 놓아 주며 의사는 인선을 안심시킨다. 밤새 잠을 설친 탓인지 성진은 울음소리마저 힘겨워 보인다. 안쓰러운 마음에 성진의 뺨에 얼굴을 비비댄다.

"어쩌면 일케 속눈썹이 길주."

인선은 성진의 열에 들뜬 얼굴을 보며 괜히 눈물이 난다. 남편과 시아주버니의 생사까지 알 수 없는 현실이 막막하기만 하다. 어디에 의탁해 살아갈 수 있을까. 하지만 그녀는 성진의 머리를 쓰다듬으며 마음을 다잡는다. 무슨 일이 있더라도 성진만은 탈 없이 키워야 한다는 의무감 때문이다. 인선은 잠든 성진을 조심스럽게 둘러업고 병원을 나선다. 한석희가 있는 원정로로 걸음을 옮기면서 '기호 삼춘 어멍이 죽은 것도 경찰의 고문 때문이주⋯⋯. 그래도 다행이지 마심. 시아주방 친구분 중에 경찰서에서 높은 소나이가 있수꽈.'라고 혼잣말을 하며 위안을 삼는다. 무시무시한 서북청년단 사내들도 감찰청 사찰주임이라는 말에 기가 죽지 않았던가. 그에게 부탁한다면 남편을 무사히 빼내 올 수 있을 거란 기대감으로 그녀는 발걸음을 빨리한다.

6

간밤의 숙취 때문인지 홍성수는 정오가 가까워질 무렵에야 겨우 정신을 차린다. 고씨 어멍이 차려주는 미역국으로 해장을 하고 집을 나선다. 김명호는 이미 몇 시간 전에 화북국민학교로 나가고 없었다. 머쓱하게 마당으로 내려와 작별인사를 하는데, 객지에 혼자 나와 고생한다며 고씨 어멍이 주먹밥을 손수 만들어 준다. 끼니 거르지 말고 잘 챙겨 먹으라는 말도 잊지 않는다. 홍성수는 그녀의 마음 씀씀이가 고마워 몇 번이나 고개를 조아린다.

집으로 돌아가다가 얼굴에 마마자국이 있는 박을 만나 잠시 이야기를 나눈다. 신혼인 그는 밭에 나갔다 점심을 먹으러 들어가는 길이라고 했다. 햇볕에 그을린 구릿빛 얼굴에 갈옷을 입은 그는 영락없는 농사꾼이다.

"어데 다녀오우꽈?"

"김 선생네……. 어제 둘이서 한 잔 했지."

박은 밀짚모자를 벗어 부채 대신 흔들어대며

"볕이 과랑과랑하우다."

라고 말한다.

"밭에 다녀오는 길인가?"

"서드럭(돌이 많은 땅)인데도 검질메기(잡초 뽑느라) 하느라 정신이 업젠."

하고는 소탈하게 웃는다.

"담엔 저도 불러 주시카. 명호성 본 지도 오래젠 말이우다."

"아, 그래……. 자네 생각을 못했네."

홍성수가 미안한 표정을 짓는다. 박은 이마 주위를 긁적이며 다시 밀짚모자를 덮어쓴다.

"집으레 들어 왕, 점심 먹엉 갑서."

점심이나 먹고 가라는 박의 말에 홍성수는 고씨 어멍이 차려

주는 밥상으로 해장까지 했다며 공손히 사양한다.

"어멍 마음씨가 참 고우시꽈. 명호성이 고씨 어멍을 닮았주."
하고는 손을 흔들며 아쉬운 듯 작별인사를 건넨다.

안곤지동으로 돌아온 홍성수는 헌일의 본가 마루에 걸터앉아 책을 펼친다. 칸트의 인간학을 일본인 교수가 번역한 것이다. 낱장을 훑어보지만 글이 눈에 들어오지 않는다. 마음이 좀체 안정되지 못하는 건 숙취 때문만은 아닐 것이다. 그러다 어제 새벽에 밑줄 쳐 두었던 단어를 우연히 발견한다.

'키클롭스(Kyklops)'

그리스 신화에 나오는 한쪽 눈만 가진 거인의 이름이다. 호머는 이 거인이 시게이과라는 섬에서 인간을 잡아먹으며 산다고 했다. 홍성수는 이곳 제주가 시게이과와 닮았다고 생각한다. 두 눈으로 세상을 보지 못하는 기형의 인간들. 불행하게도 그들은 거대한 몸짓만큼이나 무시무시한 힘을 가지고 있었다.

실종된 종일이도 제주의 운명에 대해 회의적이지 않았던가. 그래서 그도 조국을 버리고 일본으로 밀항할 계획을 세웠던 게지. 홍성수는 마루 위로 올라가 대자로 눕는다. 새벽까지 마신 조막걸리 때문에 머리가 지끈거린다. 눈을 감아 보지만 이내 권유순의 얼굴이 떠오른다. 난리가 나기 전에 위태로운 이 섬을 벗어날 수 있을까? 그러다 그는 권유순과 함께 서울로 올라가는 행복한 상상에 빠져든다.

'그녀는 지금 무얼 하고 있을까?'

하루를 보지 않았을 뿐인데도 벌써부터 권유순이 그립다. 그는 자리에서 일어나 곧장 밖으로 나선다.

안곤지동의 길목에 있는 연자맷간에서 홍성수는 뜻밖에도 권유순과 마주친다. 그녀는 김 노인의 늙은 아내와 성란, 그리고 안곤지동에 사는 몇몇 아낙들과 함께 연자맷간에 나와 보리와 잡곡을 빻고 있다. 순한 눈을 가진 조랑말이 두 팔 크기의 웃돌을 묵묵히 돌리고 있다. 권유순은 허벅을 내려놓은 채 마을 아낙과 잡담을 나누고 있었다. 홍성수는 그녀에게 다가가는 대신 김 노인의 늙은 아내에게 먼저 인사말을 건넨다. 행방불명이 된 막내아들 문식이 때문인지 그녀의 얼굴은 핼쑥하고 말투에도 힘이 없다.

"헌일이가 성내에서 알아보는 중이니 조금만 더 기다려 보세요."

홍성수의 말에 위안을 삼으려는 듯 김 노인의 늙은 아내는 이내 눈물을 훔치며 '역불로 그 말 하려고 여기까지 와쑤과.' 하고는 그의 손을 잡는다. 문식이가 돌아온 것처럼 그를 반갑게 맞아주는 모습이 더 애잔하다. 연자맷간에 있는 다른 아낙들도 모두 측은한 시선으로 김 노인의 늙은 아내를 바라본다.

"건데 성수 삼촌은 여기 무슨 일이우꽈?"

성란이 권유순을 흘깃거리며 묻는다. 모두들 곤지동으로 돌아온 홍성수를 의아하게 생각하고 있었다. 당황한 표정의 홍성수가 얼버무리듯 대답한다.

"헌일이가 갑자기 입원하는 바람에 여기 있는 집이며 어선, 우마를 제대로 살펴볼 겨를이 없으니까. 그래서 내가 대신 내려온 거다."

홍성수가 생각해도 그럴듯한 핑계거리다. 하지만 성란은 뭔지 모를 묘한 표정을 지으며

"에……."

하고는 고개를 갸우뚱거린다. 성란의 옆에 있던 권유순이 그녀의 옆구리를 찌르며 쓸데없는 질문을 한다고 나무란다. 하지만 성란은 아랑곳하지 않고 다시 홍성수에게 말을 건넨다.

"헌일 삼춘네 쇠와 호달매(큰 말)는 금순 어멍네 조케가 맡고 이시카. 게메 어선들은 죄다 우리 아방이 책임지고 관리하우다."

"그래. 크게 걱정할 필욘 없겠지만 말야."

홍성수가 맞장구를 쳐준다. 성란은 그래도 뭔가 할 말이 많은 듯 입을 꼼지락거리다 말고 그녀의 할머니에게 묻는다.

"할망은 몸도 편찮은데 집으로 돌아갑서. 유순언니가 모시고 가멘 좋을 거우다. 가망이는 성수 삼춘이 이고 강옵서."

애기성군 성란의 닦달에 누구 하나 말대답을 하지 않는다. 성란이 직접 연자맷간에서 빻은 잡곡을 담아 홍성수에게 건네준다. 그리고 자신의 친할머니를 권유순에게 떠맡기듯 하고는 '강옵서.'라고 알 듯 모를 듯한 표정을 짓는다. 오히려 얼굴을 붉히

는 쪽은 권유순이다. 그제야 성란의 의도를 알아차린 홍성수가 먼저 걸음을 옮기며

"성란이가 할머니 걱정을 많이 하는구나."

하고는 권유순을 향해 윙크를 한다.

"가시죠."

권유순이 성란을 흘겨보며 어쩔 줄 몰라 하자 옆에 있던 마을 아낙들이 오히려 재촉을 한다. 마지못해 걸음을 옮기는 권유순에게 성란이 짓궂게 소리친다.

"여긴 걱정하지 말고 쉬엉갑서."

"그 녀석이 눈치챈 것 같죠?"

김 노인의 아내를 바래다주고 돌아오면서 홍성수가 묻는다. 권유순은 말없이 웃기만 한다. 마을사람들과 마주칠까 봐 서너 발자국 떨어져서 걷는 권유순이지만 언제나 그녀의 시선은 홍성수를 향하고 있다. 홍성수도 그녀에게서 눈길을 떼지 않는다. 그들은 일부러 해안 쪽으로 둘러서 걷는다. 이곳 바다는 여름철이면 옅은 녹색을 띤다. 하얀 포말이 일렁이는 자갈밭을 걷다 말고 홍성수가 하트 모양의 백자갈을 집어 든다.

"내 생각이 나지 않소?"

홍성수가 그녀의 손에 자갈을 쥐어 주며 다시 묻는다.

"정말 내 생각이 나지 않소?"

권유순은 도리질을 치며

"아뇨."

하고 대답한다.

"얼만큼 생각하오?"

"당신은요?"

"글쎄……."

홍성수가 뜸을 드리며 딴청을 부리자 권유순은 심술을 내며 앞서 걷는다. 홍성수가 뒤따라가며 고백하듯이 말한다.

"아무것도 할 수가 없소. 당신 때문에……."

권유순이 미소를 지으며 덧붙인다.

"글도 못 쓰고 잠도 오지 않아요?"

"어디 그뿐이겠소? 책을 읽을 수도, 배가 고프지도 않소."

"어떡해요?"

권유순이 얼굴을 붉히며 묻는다. 홍성수는 대답하는 대신 그녀의 손목을 잡아당긴다.

"그냥 내 곁에 있어주기만 하면 되지……."

권유순이 홍성수의 허리를 가볍게 안으며 그의 가슴에 얼굴을 파묻는다.

"영원히…… 죽을 때까지 말예요?"

"그럼. 난 절대로 당신을 혼자 내버려두지 않을 거요."

파도가 친다. 갈매기가 날고 멀리 멸치잡이를 나가는 어선도 보인다. 두 사람은 서로를 꼭 끌어안은 채 먼 바다를 바라본다. 이런 게 사랑이구나. 홍성수는 그녀의 몸에서 나는 유채향기를 맡으며 다시 한 번 힘차게 그녀를 끌어안는다.

7

언덕 위 소나무 숲에 세워진 막사는 유치장보다 지내기가 낫다. 천장이 높고 천막의 양쪽 출입구를 열어 놓아 바람이 잘 통하기 때문이다. 장교에게 몸을 상한 장준오는 사람들의 부축을 받으며 겨우 자리에 눕는다. 천막 안에 있던 안경잡이가 다가와 장준오의 얼굴을 살피면서 말한다.

"상처를 꿰매야겠군요."

그러자 열다섯 안팎으로 보이는 소년이 검은색 가죽가방을 안경잡이에게 가져다준다. 그는 가방 안에서 실과 수술용 바늘을 꺼낸다. 소독약도 있는지 면에 묻혀 상처부위를 닦는다. 장준오는 몸을 뒤틀며 신음소리를 내뱉는다.

"병원에서 일했던 분이우다."

소년이 김헌일에게 말을 건넨다. 김헌일은 소년의 머리를 쓰다듬으며 '넌 여기에 왜 끌려왔니?'라고 묻는다.

"새총을 가지고 있다고 잡혔수다. 누렁개들한테."

"새총?"

"야."

김헌일은 이해가 되지 않는 듯 되묻는다.

"새총을 가지고 있는 게 어때서?"

"저도 모르쿠다. 그냥 잡혀왔수다…… 전 여기서도 누렁개들에게 고붓고붓 말 잘 듣고 벨라지게 행동하우다. 아무 걱정 없수다. 다멘 산에 두고 온 송애기가 걱정이우다."

"소를 키우니?"

소년이 고개를 끄덕인다. 김헌일은 소년의 검은 얼굴을 보며 미소를 짓는다. 방만식처럼 소년도 부모를 일찍 여의고 남의 집에 의탁해 생활했을 것이다. 이른 나이에 홀로 냉혹한 세상에 버려진 소년은 자신의 말대로 약삭빠르게 행동하며 주린 배를 채우고 살아남았을 테지. 김헌일은 소년의 검게 그을린 얼굴을 내려다보면서 저 나이 때의 방만식을 떠올린다. 따지고 보면 방만식도 또래 나이에 비해 세상을 바라보는 시선이 어둡고 우울했던 것 같다. 같이 어울려 놀아도 그에겐 늘 짙은 그림자가 드리워져 있었다. 일본으로 떠나갈 때에도 '어딜 가든 내겐 모두 타지일 뿐인걸.'이라는 짧은 인사만을 남겼을 뿐이다. 현실을 알아간다는 게 고통스러울 만큼 그에게 좌절감을 안겨준 건 무엇이었을까? 신분의 차이거나 출생에 대한 열등감이었을까? 아니면 그를 끊임없이 괴롭혀 왔던 가난 때문이었을까? 후쿠오카에서 노동자 생활을 하면서도 그는 여전히 천대받는 사람이었을 것이다. 그래서 세상이 바뀌길 바랐던 것인지도. 사회주의에 눈을 뜨기 시작하면서, 마르크스를 알아 가면서 그는 처음으로 희망이라는 것을 갖게 되었던 건지도 모른다. 모두가 평등한 세상을,

가난이 죄가 되지 않고 부모 없음이 흉이 되지 않는 세상을. 김헌일은 소년의 손을 꼭 쥔다. 모두가 업보가 아니겠는가.

"잘 아는 사람이오?"

안경잡이가 묻는다. 생각에 빠져 있던 김헌일이 시선을 돌린다. 그는 촘촘하게 장준오의 벌어진 상처를 꿰매고 있다.

"경찰서 유치장에서 안면을 익혔어요. 서울서 내려온 기자라고 하더군요."

김헌일이 대답한다. 안경잡이는 고개를 끄덕이며 덧붙인다.

"여기선 자기 몸은 자기가 챙겨야 해요. 괜히 군인들에게 나대다간 몸 상하기 쉬우니까."

"그래야죠······. 전 김헌일이라고 합니다."

안경잡이가 김헌일을 올려다보면서

"난 오상훈이오."

라고 응답한다.

마지막으로 실의 매듭을 짓고 알코올로 바늘과 피 묻은 손을 닦으며 오상훈은 안도의 한숨을 내쉰다. 그는 김헌일과 비슷한 연배로 보인다. 금테 안경을 쓴 얼굴은 희고 창백하지만 눈매가 매섭고 잘생긴 얼굴이다. 그는 장준오의 꿰맨 상처 부위를 한 번 더 확인하고 소독을 한다. 가방을 챙겨 자신의 자리로 돌아가면서 오상훈이 말한다.

"수용소에선 될 수 있으면 말을 하지 않는 게 좋아요. 아침 점호 땐 군인들과 시선을 마주치는 것도 좋지 않죠. 그리고 정보과 소속의 대위를 조심하세요. 모두들 그 사람을 제일 무서워합니다."

김헌일은 운동장에서 봤던 장교를 떠올리며 고개를 끄덕인다. 옆에 있던 소년이

"정보과 누렁개는 몰핀 중독자이우다. 사람도 아무렇게나 쏴 죽이주."

하고는 몸서리난다는 표정을 짓는다. 오상훈이 손가락을 입으로 가져가며 말조심하라는 눈치를 준다. 소년은 누런 이빨을 드러내며 익살스럽게 웃는다. 그러다 갑자기 자리에서 벌떡 일어나 수용소 마당으로 뛰어 내려간다. GMC 트럭 한 대가 뿌연 먼지 바람을 일으키며 식당 건물 앞에 멈춰 선다. 깔끔한 정장에 베레모를 눌러쓴 사내가 담배를 입에 문 채 운전석에서 내린다. 소년이 남자 앞으로 다가가 굽실거리며 곰살맞게 인사를 건넨다. 베레모는 소년을 보며 환하게 웃는다. 거들먹거리는 베레모 주위로 계속해서 사람들이 모여든다. 그들은 저마다 베레모의 눈에 띄기 위해 손을 흔들거나 친한 척을 한다. 베레모는 담배꽁초를 바닥에 내팽개치고는 주위에 몰려든 젊은 사내 중 몇몇을 소년과 함께 지목한 뒤 트럭 뒤로 걸어간다. 짐칸을 풀자마자 소년이 잽싸게 트럭 위로 올라간다. 그는 베레모가 시키지도 않았는데 쌀 포대를 남자들에게 건네준다. 남자들은 어깨에 포대를 둘러매고 곧장 식당으로 들어간다. 김헌일은 소년의 모습을 멍하니 바라보면서 오상훈에게 묻는다.

"쌀인가요?"

그가 미소를 지으며 대답한다.

"저기 베레모를 쓴 남자가 2주에 한 번씩 쌀을 가지고 와요……. 쌀 포대를 나르면 취사반에서 밥을 얻어먹을 수가 있죠."

김헌일은 고개를 끄덕이며 밀밥에 돌소금이 전부였던 아침식사를 떠올린다. 젊은 사내들에겐 수용소에서 나오는 배급만으론 주린 배를 채우긴 힘들 것이다. 김헌일은 열심히 쌀 포대를 나르는 소년을 바라보다가 오상훈에게 다시 묻는다.

"여기 있는 사람들은 어떻게 되는 겁니까?"

"조사를 받을 거예요. 이내들에게 작은 꼬투리라도 잡히면 빠져나가기 힘들죠. 젊은 사내일수록 이곳을 벗어나기가 쉽지 않아요. 육지형무소로 이감되거나 살해당하니까……. 돈으로 윗선에 줄을 대고 풀려나는 사람도 있다곤 하지만요."

"돈으로 사람 목숨까지 살 수 있단 말이군요."

오상훈은 가죽 가방을 무릎 위에 올려놓은 채 웃는다. 하지만 그의 미소 뒤에는 염세주의적인 분위기가 묻어 있다.

"혹, 화북에서 끌려 온 함문식이란 사내를 아시오?"

오상훈은 고개를 좌우로 흔들며 말한다.

"처음 듣는 이름이군요……. 친척인가요?"

"같은 마을에 사는 동생입니다. 경찰에게 끌려간 뒤 소식이 끊어졌어요."

"그게 언젭니까?"

"4월 중순이었소."

"아!"

오상훈은 안타까운 탄성을 터뜨리며 말을 잇는다.

"4월 3일 전후로 잡힌 사람들은 대부분 육지형무소로 끌려갔을 겁니다. 5년 미만의 형을 받은 사람은 목포형무소로 그 이상은 대전이나 대구형무소로 갔다고 들었어요."

김헌일은 침울한 표정으로 수용소 마당을 바라본다. 멸치 후리기를 하면서 노래를 읊조리던 김 노인의 주름진 얼굴이 잠시 스쳐 지나간다.

"무엇이 잘못된 것일까요?"

"……."

"겨우 일본 놈들에게서 독립을 했는데 왜 나라가 이 모양 이 꼴이 되었는지……."

두 사람은 잠시 침묵을 지킨다. 대신 천막 안쪽에 누워 있던 장준오가 울기 시작한다. 김헌일도 눈시울이 붉어진다. 이 모습이 그토록 바라던 해방된 조국의 현실이라는 게 믿기지 않는다. 평화롭고 순박한 사람들이 모여 살던 제주가, 탯줄을 묻었던 고향이, 가장 두렵고 무서운 땅으로 변해가는 사실이 김헌일은 도대체 감당할 수가 없다.

8

감찰청은 북신작로에 접해 있었다. 입구 오른편에는 제주경찰 감찰청이라는 현판이 붙어 있고 바로 앞에 캘리버 자동소총을 잡은 경찰이 경계근무를 쓰고 있다. 하이힐에 꽃무늬가 들어간 플로럴 원피스를 입은 한석희가 제주감찰청 앞에 모습을 나타내 자 주위에 있던 경찰들이 휘파람을 불어댄다. 지프에 타고 있던 한 경찰이 '작은 한 마담 아이가? 여긴 어쩐 일이고?'라고 아는 체를 한다. 한석희는 일부러 무릎까지 오는 치마를 펄럭이며 '주 임님 만나러 왔어요.' 하고 대답한다.

"서방 떠나보내고 마이 외로운갑네."

또 다른 경찰이 음흉스런 미소를 짓는다. 한석희는 '어디 외롭 다 뿐인가?' 하고는 혀를 입 밖으로 살짝 내밀며 감찰청 안으로 들어간다. 경찰들이 '아, 고년!' 하고는 그녀의 몸을 훑어보며 웃 는다. 뒤따르던 인선은 그들의 낯 뜨거운 대화가 민망스러울 뿐 이다.

사찰주임이 직접 유리컵을 내와 한석희와 인선 앞에 내놓으며 말한다.

"여기 출신 순경이 여름에 먹는 음료라며 주고 갔어. 시큼한 게, 내 입맛엔 영 맞지 않아서 말야."

"이걸 뭐라 부르더라?"

"쉰다리라 부르젠."

"아, 맞다. 쉰다리……. 보리로 만든다지요? 단술 같은 거."

인선이 고개를 끄덕인다. 최근엔 보리마저 귀해져 쉰다리를 해 먹는 이가 많지 않았다. 맞은편 소파에 앉으며 사찰주임은 피곤한 듯 하품을 한다. 머리를 좌우로 흔들며 담배를 꺼내 든다. 한석희가 라이터를 그의 입으로 가져간다.

"알아보셨어요?"

"음."

한석희의 질문에 사찰주임은 무뚝뚝하게 대답한다.

"그런데 한 발 늦었어."

"무슨 말이우꽈?"

인선이 불안한 표정으로 질문을 던진다.

"어제 새벽에 농업학교로 이감되었다고 하더군요."

"왜요?"

한석희를 바라보는 사찰주임의 미간에 주름이 인다.

"헌병대 녀석들이 뭔갈 알아냈겠지. 이번엔 무슨 일이 있더라도 제주읍에 있는 남로당 세포들과 육지서 들어온 올구(오르그, 조직지도원)를 모조리 잡아들일 생각이거든."

"빼내기가 힘들단 말인가요?"

사찰주임이 고개를 끄덕인다. 인선은 덜컥하고 가슴이 내려앉는다.

"우리 남펜 아무 죄 없수다. 죄 없는 사람이 얼케 끌려 가우꽈?

이해가 되젠 아니우다."

"약방 주인인가 하는 녀석이 꽤 거물인가 봅니다. 레포(연락원) 역할뿐 아니라 사람들에게 입산을 종용하거나 군자금까지 모금했던 모양이에요."

"주임님도 어쩔 수 없는 거우꽈? 여기서 제일 높은 사람 아니우꽈."

사찰주임은 고개를 가로저으며 답한다.

"경비대 아이들이랑 우린 물과 기름처럼 사이가 좋지 않아. 저보단 차라리 서청에 있는 비서부장에게 부탁하는 게 빠를 겁니다. 서청 아이들은 우리완 달리 그네들하고도 가까운 편이니까."

인선의 눈에 금세 눈물이 고인다. 감찰청으로 오는 동안 인선과 한석희는 사찰주임이라면 쉽게 남편을 빼낼 수 있을 거라 생각했다. 기대가 한순간에 무너지자 인선은 아무 생각도 할 수가 없다. 한석희가 손수건을 꺼내 그녀에게 건네준다.

"군인들에게 두들겨 맞기도 하주?"

"심문을 받을 테니까요……."

뒷말을 흐리는 사찰주임의 얼굴에도 근심이 인다. 갑자기 바닥에 무릎을 꿇은 인선이 사찰주임에게 애원한다.

"남펜, 산사람들에게 맞아 병원에 입원한 게 불과 두 달 전이우다. 다시 두들겨 맞으멍 죽을지도 모르쿠다……. 한 번만, 한 번만 살려줍서. 부탁이우다. 주임님."

놀란 한석희가 그녀를 부축해 자리에 앉힌다. 사찰주임은 난

처한 표정으로 한석희를 바라본다.

"비서부장에게 지금 전화를 넣어 보지."

"고마워요."

사찰주임이 자리에서 일어나 책상으로 걸어간다. 다이얼을 돌리자 곧 비서부장의 칼칼한 목소리가 수화기에서 흘러나온다. 사찰주임은 인사말을 건넨 뒤 김헌일에 대해 말한다.

'그래서 경고르 하지 않았갔어. 도립병원에서 말야.'

비서부장의 카랑카랑한 목소리가 인선과 한석희에게 들릴 정도로 크다. 두 사람의 통화 내용에 귀를 기울이던 인선의 손에는 식은땀이 맺힌다. 남편 없는 세상은 생각하기도 싫다. 한동안 이야기를 나누던 사찰주임이 소파로 돌아온다.

"비서부장이 직접 알아본다고 했으니 안심하셔도 될 겁니다. 그네들이 여기선 우리보다 더 힘이 있으니까…… 사람 하나 빼내는 건 어렵지 않을 거예요."

인선이 고개를 숙이며 고맙다는 말을 반복한다. 사찰주임은 그녀에게 미소를 지은 뒤 한석희에게 시선을 돌린다.

"종일이에겐 늘 빚을 지고 있단 생각이었지…… 비서부장이 나보단 종일이와 친했으니까 곧 좋은 소식이 있을 거야."

"고마워요."

"아니. 도움을 주지 못해 미안할 뿐인걸."

"말만이라도 고맙주. 얼케 이 은혜를 갚을 수 있을지…… 참말 고맙주."

인선이 진심을 담아 말한다. 사찰주임은 손사래를 치며 대꾸한다.

"저야 한 일도 없는데……. 그 친구 나오면 이번엔 꼭 경찰학교에 들어가라고 하세요. 그게 안전한 길입니다."

"무슨 뜻이에요?"

한석희가 궁금한 듯 묻는다. 사찰주임은 담배 연기를 길게 뿜으며 답한다.

"비상경비사령부에서 대대적인 토벌작전을 벌릴 거란 포고문을 냈어. 곧 800명의 수도관구경찰청 소속 경관들도 증파될 예정이고."

"이곳에서 전쟁이라도 일으킬 생각인가요?"

"여기서 무장 투쟁을 선동하던 놈들이 이북으로 넘어가면서 문제가 복잡해졌어. 북쪽에서 제주사태를 정치적으로 이용하기 시작하니까……. 아무래도 남북협상에도 악영향을 끼치게 되었지. 남한 정부로선 위기감을 느낄 수밖에 없을 거야."

한석희와 사찰주임의 이야기를 듣던 인선에게는 여전히 누가 좋고 나쁜 사람인지 구분이 되지 않는다. 형제처럼 지내던 사람들이 어느 순간 산으로 올라가거나 사람 목숨을 앗아가기도 하고 도민들을 보호해야 할 경찰과 군인들 역시 마음대로 사람을 잡아가거나 죽이고 있는 것이다. 살인을 저지를 만큼 서로가 서로를 증오하는 이유를 그녀는 도저히 이해할 수가 없다. 좌익이든 우익이든—그 구분을 어떻게 하는지는 몰라도—다 같이 모여 살면 그만인 것을. 모두가 행복하게 잘 살자고 만든 것이 법이고 정치고 사상이라는 것일 텐데 오히려 그것이 사람들을 불행하게 만들고 있는 거라고 그녀는 생각한다.

다방으로 놀러 오라는 한석희의 말에 사찰주임은 '조만간, 시간을 내지.'라고 대꾸한다. 그가 감찰청 앞 도로까지 나와 두 사람을 배웅한다.

"오늘 같은 날은 바다나 거닐었으면 좋겠는데 말야. 이곳에서의 근무도 이제 얼마 남지 않았으니까."

손을 흔들며 말하는 사찰주임에게 한석희가 묻는다.

"무슨 말씀이세요?"

"감찰청장이 곧 바뀔 거야. 새로 청장으로 올 양반이 평남 출신이란 소리가 들리는 걸 보니…… 아무래도 분위기가 강경 쪽으로 흐르고 있다고 봐야겠지……. 그리고 나 역시 인사이동이 있을 거고."

"그런 말 한 적 없잖아요?"

"그래서 지금 하고 있잖아."

한석희의 표정에 아쉬움이 흐른다.

"새로운 소식이 들리는 대로 연락 주실 거죠?"

애써 서운함을 숨기며 한석희가 말한다. 사찰주임은 고개를 끄덕이면서 쓸쓸하게 웃는다.

"그래야지. 떠나기 전에 할 이야기도 있고……."

9

편지를 읽는 홍성수의 기분은 착잡하다. 안부를 묻는 아버지의 마음이 필체에 그대로 베여 있는 것 같다. 29일과 30일자 조선중앙신문에 실린 '동란의 현지보고'라는 기사를 보고 걱정이 되어서 편지를 쓰게 되었다는 내용이다. 신문기사 때문에 네 어머니는 잠을 설치는 날이 많아졌다. 정말 그곳을 나오지 않는 진짜 이유가 무엇이냐? 라고 묻는 것이다. 그 질문의 이면에는 혹시 사상적인 것과 관련이 있는 건 아닌가 라는 아버지의 근심이 묻어 있다. 홍성수는 결심을 한 듯 원고지 뭉치를 한쪽으로 쓸어내고 책상 위에 새 편지지를 펼친다. 그리고 펜을 들어 '아버님 성수입니다.'라고 쓴다. 녹차를 한 모금 마신 뒤 부모님의 안부에 대해 묻는다. 올겨울엔 무슨 일이 있더라도 집으로 돌아가겠다는 약속을 하면서 '이곳 곤지동은 제주읍과는 달리 변두리 해안가 마을이어서 신문에 난 기사와는 달리 평온한 편입니다. 그러니 걱정하실 필요는 없습니다. 어머님에게도 그리 전해주세요.'라고 덧붙인다. 그리고 한참을 망설이다가 종일의 소식은 전하지 않는다. 대신 권유순에 대해 쓰기 시작한다. 그녀의 착한 심성과 제주를 떠날 수 없는 이유를 간략하게 설명한 뒤 '늦게 답장을 보내게 되어 죄송합니다.'라는 말로 끝을 맺는다. 잉크병의 뚜껑을 닫으면서 그는 길게 한숨을 내쉰다. 완고한 성격의 아버지도 권유순이라면 기꺼이 며느리로 받아 주실 거란 생각엔 변함이 없다. 그는 홀가분한 마음으로 방문을 열어젖힌다. 선선한 바닷바람과 함께 별도봉 자락에서부터 정겨운 풀벌레 소리가 들려온다. 수평선 위에 떠 있는 둥근달을 보려니 이규보의 '정중월井中月'이란 한시가 문득 떠오른다.

山僧貪月色　산에 사는 중이 달빛을 탐해
幷汲一甁中　물 긷는 병에 달까지 길었네.
到寺方應覺　절에 가면 응당 알게 될 거야
甁傾月亦空　물 쏟으면 달도 없어지는걸.

시처럼 고즈넉한 밤이구나. 그때 멀리서 총성이 울린다. 제주읍과 화북을 잇는 일주도로 주변인 것 같다. 총소리와 함께 홍성수의 평온한 기분도 깨져 버린다.

최근 들어 부쩍 토벌대와 무장대 사이에 총격전이 자주 벌어지는 모양새다. 불길한 마음에 방문을 닫고 불을 끈다. 그리고 팔베개를 하고 방바닥에 누워 천장을 올려다본다. 오늘은 또 얼마나 많은 사람들이 서로를 죽이고 있는 것일까? 그러다 애써 권유순에 대한 생각으로 마음을 돌린다.

'그녀를 만나기 위해 여기까지 흘러왔던 것일까? 이런 게 인연이고 운명이라는 것일까?'

그는 눈을 감고 처음 이곳에 도착했을 때의 풍경을 떠올린다.

성내에서 종일의 차를 타고 곤지동으로 향하는 동안 제일 먼저 그를 반긴 건 바람이었다. 거침없는 해풍에 나무도 풀도, 바다의 파도까지도 춤을 추고 있었다.

'그 다음이었어.'

물질을 막 끝내고 나오는 여성이 있었다. 물소중이 사이로 드러난 가느다란 팔과 다리, 검게 빛나는 머리카락을 가진 그녀가 바로 권유순이었다. 첫눈에 반한 홍성수의 마음을 읽었는지 종일이 익살스러운 표정으로 말했다.

"자식……. 보는 눈은 있어가지고……. 소개시켜 주련?"

"아직 결혼을 하지 않았나?"

"남편이 있긴 있었는데 징용을 나간 뒤 돌아오지 못했지. 행방불명이라고 해야 하나……. 누군가의 불행은 곧 누군가의 행복이 될 수도 있겠지."

김종일과 나누던 시답잖은 농담이 떠오른다. 그러다 차츰 잠에 빠져들기 시작한다. 어느새 총성도 멈추고 고즈넉한 파도 소리만이 귓가에 가득하다.

김 노인이 급히 홍성수를 찾아온 건 간밤에 썼던 소설의 내용을 퇴고하고 있을 때다. 멀리 화북국민학교에서 종소리가 계속해서 울리고 있었지만 홍성수는 별 신경을 쓰지 않았다. 마당을 들어서는 김 노인의 걸음걸이가 평소처럼 날래다. 몸져누웠다는 소식을 들었는데 평소와 다름없는 모습이다. 김 노인은 홍성수의 인사도 받는 둥 마는 둥 손사래를 치며 말한다.

"이럴 줄 알았주. 빨랑 갑수다게. 홍 선상."

"어딜 말입니까?"

"이 소릴 듣지 못했주. 화북국민학교에 집합허런 소리이우다. 가지 않으멍 큰일 치르지마심."

김 노인이 급하게 손목을 잡아끄는 바람에 겉옷만 챙겨 들고 그를 따라 나선다. 곤지동뿐 아니라 주변의 다른 마을 주민들도 눈에 띈다. 화북국민학교의 운동장은 이미 사람들로 북적인다. 홍성수는 주위를 두리번거리며 습관처럼 권유순을 찾는다.

운동장 한켠에 곤지동 사람들이 모여 있다. 모래바닥에 주저 앉아 주먹밥을 나누어 먹는 이도 있다. 어린 아이들은 운동회라 도 열린 듯 저희들끼리 희희낙락이다. 김 노인 또래들은 모든 것 이 귀찮다는 듯 무심한 표정으로 담배를 피우거나 바닥에 주저 앉아 존다. 그러나 젊은 사내들은 불안한 표정으로 군인들의 일 거수일투족을 살핀다. 어린 아내와 함께 있던 박이 어색하게 홍 성수에게 눈인사를 건넨다. 김명호도 보인다. 그는 흰 셔츠에 검 정바지를 입고 있었는데 수업 도중에 나왔는지 손에는 등사판으 로 찍은 한글교재가 쥐어져 있다. 그에게 수업을 듣고 있던 사람 들도 모두 운동장에 모여 있는 것 같다. 홍성수가 다가가자 뒤늦 게 그를 알아본 김명호가 알은 체를 한다.

"새벽에 요 앞 일주도로에서 교전이 벌어진 모양입니다."

김명호가 군인에게서 전해 들은 이야기를 건넨다.

"인명피해도 있었나요?"

"군인 한명이 심한 화상을 입었는데 목숨이 위험하답니다. 그들이 타고 있던 쓰리쿼터도 불에 타고……. 무장대가 일주도로에 장애물을 만들어 놓고는 차가 멈춰 서자마자 화염병을 던진 모양이에요."

그때 지프에서 내린 중위가 운동장 중앙으로 걸어가 큰소리로 외친다.

"거동이 불편한 노인들과 아이들 외엔 모두 우리가 인솔하는 곳으로 이동한다. 특히 청장년들은 한 명도 빠지지 마라."

중위의 말이 떨어지자마자 군인들이 일제히 마을사람들을 분류하기 시작한다. 삼삼오오 모여 잡담을 나누거나 담배를 피우던 사람들이 군인의 닦달에 몸을 일으킨다. 불평이 많거나 말귀를 알아듣지 못하는 노인들과 어린 아이들은 집으로 돌려보낸다. 그 와중에도 마을 유지 몇몇은 장교로 보이는 군인들과 친분을 과시하며 인사를 나눈다. 어머니와 떨어지지 않으려는 아이들 때문에 난처해하는 군인의 모습도 보인다. 오랜만에 안부 인사를 전하는 마을사람들도 있어서 학교 운동장은 5일장이 선 것처럼 어수선한 분위기가 이어진다.

군인들을 따라 이동한 곳은 화북국민학교에서 500미터쯤 떨어진 밭이다. 비석거리와 동제원 사이의 땅을 개간한 것으로 일주도로와 접해있다. 밭에는 중대쯤 되어 보이는 군인들이 M1소총을 어깨에 둘러멘 채 모여 있었다. 지프에서 내린 중위가 손짓을 하자 쓰리쿼터의 짐칸에 타고 있던 사내들이 포승줄에 묶인 채 끌려 나온다. 그들은 모두 검은 두건을 쓰고 있어 어디에 사는 누구인지, 나이가 어떻게 되는지 알 길이 없다. 갈옷에 짚신을 신은 사람도 있고 작업복에 군화를 신거나 운동화를 신은 사내들도 있다. 밭 가운데로 끌려간 사람들은 모두 무릎을 꿇린 채 대기한다. 중위가 사람들 앞으로 다가가며 큰소리로 말한다.

"새벽에 우리를 습격했던 공비들이다. 오늘 이곳에서 이들의 사형을 집행하겠다. 여러분들도 똑똑히 보고 경각심을 갖길 바란다. 공비들에게 협조하거나 산으로 올라가는 사람이 있다면 그 직계가족뿐 아니라 사돈에 팔촌까지 모두 목숨을 잃을 것이다!"

중위가 손짓을 하자 열을 지어 대기 중이던 군인들이 검은 두건을 쓴 사람들의 등 뒤에 선다. 군인 두 명이 한 조가 되어 한 명은 두건 쓴 사내의 어깨를 잡고 다른 한 명은 목덜미 쪽에 M1의 총구를 겨눈다. 그 광경을 지켜보던 마을 사람들 중에는 '정말 사람을 죽이는 거우꽈?'라고 고개를 갸우뚱거리는 이도 있다.

발포 명령과 함께 일제히 M1소총이 불을 뿜는다. '타당' 하는 소리와 동시에 두건을 쓴 사내들이 힘없이 앞으로 쓰러진다. 총소리에 놀란 여인네들이 비명을 지르거나 고개를 돌린다. 권총을 든 중위가 쓰러진 다섯 명의 사내들을 지나가면서 확인사살을 한다. 주민들은 모두 충격에 빠진 듯 넋을 잃은 채 주검을 바라본다. 마을사람들 앞으로 되돌아온 중위가 '알겠나? 우린 절대로 빨갱이 폭도들을 용서하지 않는다.'라고 소리친다. 누구도 중위와 눈을 마주치지 못한다. 그는 만족스런 표정으로 지프가 있는 일주도로로 걸어간다. 사형 집행을 맡았던 군인들도 줄을 지어 이동한다. 마을주민들을 인솔했던 군인들이 손사래를 치며 돌아가도 좋다고 외친다. 안곤지동의 김 노인이 젊은 군인에게 다가가 '저 시신들은 얼케 되지 마심?' 하고 묻는다. 막내 문식이가 생각나는 모양이다. 하지만 젊은 군인은 고개를 좌우로 흔들면서 퉁명스럽게 대답한다.

"까마귀 밥이 되든 썩어 문드러지든 상관하지 마시오. 영감. 시신을 수습하는 사람들도 모두 빨갱이로 간주할 거니까…… 내려가거든 자식들 단속이나 잘 하시오."

하고는 김 노인의 등을 밀친다. 홍성수 역시 충격에 빠진다. 화북지서에서 불타 죽은 경관을 본 적은 있지만 직접 사형 장면을 목격하는 건 처음이다. 그것도 한 사람이 아닌 다섯 사람이나 목숨을 잃다니. 홍성수와 잠시 시선을 교환하던 김명호도 굳은 얼굴로 뒤돌아선다. 도대체 무슨 말을 꺼낼 수 있겠는가. 군인들을 태운 쓰리쿼터와 지프가 뿌연 먼지 바람을 일으키며 사라진다. 심란한 마음으로 밭길을 빠져나가던 그의 시야에 권유순의 모습이 들어온다. 그녀는 공포에 질린 얼굴로 성란과 고씨 어멍의 손을 꼭 쥐고 있다. 홍성수는 그녀를 보는 순간 불에 덴 듯 가슴 언저리가 따끔거린다.

'이 불길한 느낌은 무엇일까?'

홍성수는 처음으로 죽음에 대해 떠올린다.

'그래. 이건 시작일 뿐이다.'

멀어져 가는 권유순의 뒷모습을 보며 그는 그렇게 되뇐다.

10

천막수용소의 아침은 사이렌 소리로부터 시작된다. 위쪽 연병장에선 군인들의 구보 소리가 들려온다. 밀반죽으로 아침을 때운 사람들이 천막 안으로 들어서자마자 청소를 한다. 테우리 소년이 아침 점호가 있기 전에 정리정돈을 잘 해야 한다고 충고해 준다. 오상훈 덕분에 기력을 회복한 장준오도 자리에서 일어나 청소를 돕는다. 퉁퉁 부은 얼굴로 미소를 짓는 그의 모습이 오히려 안쓰럽다.

점호를 알리는 방송이 나가자 천막 안 사람들은 긴장한 얼굴로 가마니 위에 앉아 대기한다. 김헌일과 장준오도 오상훈이 가르쳐 주는 대로 가마니에 무릎을 꿇고 앉아 두 손을 가지런히 아랫배로 가져간다. 소년도 이때만큼은 숨을 죽인다. 무릎 꿇은 다리가 저려올 때쯤 갑자기 천막 안으로 군인들이 들이닥친다. 오상훈이 말하던 정보과 과장이다. 그의 뒤로 M1소총으로 무장한 일곱 명의 군인들이 뒤를 따른다. 정보과 과장은 천막 안에 수용된 사람들을 둘러보다 말고 30대 중반의 남자 앞에서 멈춰 선다.

"이거…… 기억나나?"

과장의 손에는 등사한 삐라가 들려 있다. 삐라에는 군인과 경찰 몇 명을 섬멸했다는 내용과 함께 중산간 마을에서 벌어지는 제주도민들의 학살을 규탄하는 자극적인 문구들로 가득하다. 남자는 하얗게 질린 얼굴로 과장을 올려다본다. 정보과 과장은 인상을 쓰면서 군화로 남자의 가슴을 있는 힘껏 찬다. 남자가 '컥' 하는 신음소리를 내면서 뒤로 발라당 넘어진다.

"시치미 떼도 소용없어. 이 새끼야. 편집국장인가 뭔가 하는 녀석이 벌써 다 불었으니까!"

과장이 눈짓을 하자 천막 입구에 서 있던 군인들이 남자를 끌고 나간다. 그는 군인들에게 끌려 나가면서 변명조로 외친다.

"협박을 해서 어쩔 수 없이 찍어 줬습니다…… 정말이에요!"

오히려 그 말이 과장의 심기를 건드렸는지 그를 돌려 세워 얼굴에 주먹을 날린다. 샌드백을 치듯 인정사정없다. 일순 천막 안은 공포에 휩싸인다. 남자의 피로 붉게 물든 주먹을 어루만지며 과장은 다른 먹잇감을 찾아 다시 천막 안을 돌아다닌다. 그러다 김헌일의 옆에 앉아 있는 장준오와 시선을 마주친다. 과장은 장준오의 상처 부위를 살피다 말고 갑자기 오상훈에게 다가가 그의 뺨을 후려친다. 그가 쓰고 있던 안경이 바닥으로 떨어지면서 알 한쪽이 반으로 쪼개진다.

"빨갱이 새끼가……. 산에다 약 올려 보내고도 살 줄 알았어?"

바닥에 침을 뱉으며 소리친다. 그리고 권총을 꺼내 장전 상태를 확인한다.

"다음번엔 네 녀석 머리에도 갈겨 주지. 킥킥킥."

과장은 호흡을 가라앉힌 뒤 손에 묻은 핏물을 닦고 성큼성큼 밖으로 나간다. 천막 입구에 서 있던 군인이 '아침 점호 끝!' 하고 외친다.

과장이 사라진 뒤에도 한동안 사람들은 무릎을 꿇은 채 앉아 숨을 죽인다. '팡팡' 하는 총성이 들리기까지 채 5분도 걸리지 않는다. 사람들은 총소리를 들으며 '오늘도 애꿎은 사람 하나 황천 보냈주.' 하고 씁쓸하게 내뱉는다.

어디선가 '이제 끝났어.'란 목소리가 들려온다. 사람들은 그제야 몸을 움직인다. 테우리 소년은 다리에 쥐가 나는지 연신 발바닥을 손으로 주물럭거린다. 김헌일에겐 이 모든 현실이 낯설다. 장준오가 미안한 표정으로 오상훈에게 다가가 위로한다. 하지만 그는 별것 아니라는 듯 어깨를 으쓱이며 대답한다.

"걱정하실 필욘 없어요. 여기선 흔한 일이니까."

그때 소년이 오상훈의 안경을 말없이 내민다. 그는 웃으며 소년의 머리를 쓰다듬는다. 반으로 쪼개진 렌즈를 테에 억지로 끼워 맞추고 입김을 불어넣은 뒤 천 조각으로 꼼꼼히 닦는다.

"총소리……, 방금 끌려간 사람인가요?"

장준오가 의심스러운 표정으로 오상훈에게 묻는다. 그는 말없이 고개를 끄덕이면서 안경을 쓴다.

"네."

"재판도 없이 사람을 죽인단 말입니까?"

김헌일이 놀란 얼굴로 물어보지만 오상훈은 늘 그렇듯 한숨만 지을 뿐이다.

아침 점호가 끝난 뒤 사람들은 모두 도로 보수작업에 동원된다. 무장한 군인들의 인솔을 받으며 천막수용소를 빠져나온 사람들은 2열 횡대로 용두암 서쪽의 일주도로로 이동한다. 농업학교에서 향교를 지나 30여분쯤 올라가자 며칠 전 내린 비로 유실된 도로가 나타난다. 지반이 약해진 도로는 군데군데 폭격을 맞은 것처럼 구덩이가 패여 있다. 그리고 산비탈과 접한 곳은 토사가 밀려 내려와 도로를 반 토막 내놓았다. 뒤따라 온 트럭이 멈춰 서자 몇몇 사람이 짐칸 위로 올라간다. 짐칸에는 사람들에게 나눠 줄 삽과 곡괭이가 쌓여 있다. 사람들은 줄을 서서 연장을 받는다. 장준오처럼 덩치가 있는 사람들은 삽 대신 큼직한 돌덩어리를 치우는 작업이 할당된다. 사람들 모두 고분고분하게 군인들의 지시를 따른다. 잡담을 나누거나 꾀를 부리는 사람은 없다. 정오가 가까워지면서 아지랑이가 피어오를 만큼 기온이 올라간다. 난생 처음 삽질을 하는 김헌일의 손에는 금세 물집이 잡힌다. 입안이 타 들어갈 만큼 목이 마르지만 마실 물조차 구할 수 없다. 경계근무를 쓰는 군인들도 그늘을 찾아다니기 바쁘다.

점심식사를 실은 쓰리쿼터가 도착한 뒤에야 사람들은 마음껏 물을 마실 수가 있다. 조밥과 돌소금이 전부지만 허기진 사람들에겐 그조차도 아쉽다. 어떤 이들은 갈증을 핑계 삼아 물로 배를 채우기도 한다. 도로 보수작업은 저녁이 될 때까지 계속 이어진다.

녹초가 된 몸으로 천막수용소에 도착했을 때 헌병대에서 나온 군인들이 김헌일을 기다리고 있었다. 그들은 김헌일의 이름과 주소를 확인한 뒤 지프에 태운다. 세 명의 헌병 중 한 명이 거칠게 김헌일의 손목에 수갑을 채우면서 '빨갱이새끼. 오늘이 니 제삿날인 줄 알아라.'라고 다짜고짜 욕설부터 퍼붓는다. 김헌일은 뭔가 잘못되었다는 걸 알았지만 대꾸할 말을 찾지 못한다. 장준오가 말하던 헌병대 건물의 지하실이 떠오를 뿐이다. 장준오는 그곳에서 끔찍한 고문이 자행된다고 말하지 않았던가. 왜정시대 때부터 고문 기술을 익힌 사람들이라 자백을 하지 않고는 배겨낼 도리가 없다고. 이상하게 김헌일에겐 그런 사실이 공포보단 혐오스러움으로 다가온다. 오상훈과 장준오가 근심스런 눈빛으로 김헌일을 바라본다. 테우리 소년은 그사이에 정이 들었는지 훌쩍이기까지 한다. 지프는 곧 천막수용소를 빠져나와 관덕정 앞을 지나간다. 김헌일은 제주읍의 풍경을 바라보면서 화북지서에 쓰러져 있던 방만식을 떠올린다. 꽃돔처럼 온몸이 선홍색으로 변해 있던 그의 멍든 피부와 신음소리, 지린내가 차례로 기억난다. 방만식과 달리 잔병치레로 늘 고생을 했던 자신은 결코 고문을 견디지 못할 거란 사실을 깨닫는다.

'난 얼마나 버틸 수 있을까?'

아내와 성진의 얼굴이 스쳐지나가면서 그의 눈가가 붉게 물든다.

건물 지하에 자리 잡은 취조실에는 창문이 없다. 백열등 2개가 나란히 매달려 있지만 음침한 기운이 감돈다. 회색 콘크리트 벽면에는 1미터는 됨직한 각목이 여러 개 세워져 있고 붉은 얼룩이 묻은 벽에는 곰팡이가 피어 있다. 김헌일은 취조실에 끌려오자마자 피와 오물 냄새, 음식물이 썩어 들어가는 듯한 역겨움에 속이 울렁거린다. 거기다 후덥지근한 열기와 습기까지 온몸을 휘감아 돈다.

수갑을 채웠던 헌병이 김헌일을 의자에 앉힌다. 철제 책상 위에는 EE-8 전화기가 놓여 있는데 전화기와 연결된 전선의 피복이 벗겨져 있다. 헌병이 수갑을 풀고 취조실을 나간 지 5분도 지나지 않아 두 명의 남자가 취조실 안으로 들어온다. 그들 중 한 명은 1미터 70센티미터의 키에 정보과 과장처럼 다부진 체격을 가지고 있다. 그 옆에는 마흔을 넘긴 듯 희끗희끗한 머리카락에 피부가 하얀, 호리호리한 몸매의 사내가 미소를 지으며 김헌일 맞은편 자리에 앉는다.

"이제부터 내 말 잘 듣고 대답해. 이곳에 온 이상 네 목숨은 우리들 손에 달린 거니까."

하얀 피부가 담배를 꺼내 피우며 조용히 말한다. 그리고 담배한 개비를 피울 동안 침묵이 이어진다. 하얀 피부의 시선이 먹잇감을 앞에 둔 하이에나처럼 김헌일의 이곳저곳을 살핀다. 초점이 보이지 않는 흐릿한 눈동자가 섬뜩하게 느껴진다. 꽁초가 된 담배를 바닥에 짓눌러 끄며 하얀 피부가 다시 입을 연다.

"약방 조 사장하곤 언제부터 아는 사이었어?"

"도립병원을 퇴원하면서 알게 되었습니다. 그러니까 올 6월 초순경입니다."

김헌일이 대답한다. 하얀 피부는 고개를 갸우뚱거리며 묻는다.

"왜 도립병원 근처 조 사장 소유의 건물에 방을 얻었지?"

"통원 치료를 받기 위해섭니다."

"그래? 그럼 도립병원의 약제과장을 잘 알고 있겠군."

"글쎄……. 병원에 그런 사람이 있었는지는 몰라도 한동안 약을 타 오기는 했습니다."

"정말 약뿐이었어? 다른 건 없었어?"

"다른 거라니요?"

"예를 들면 남로당 지령문 같은 거지."

"아뇨. 전 전혀 아는 바가 없습니다."

"내가 말했잖아. 거짓말하지 말라고. 거짓말하면 넌 죽어."

"거짓말이 아니에요."

하얀 피부가 고개를 끄덕이며 뒤에 서 있던 덩치에게 손짓한다. 그와 동시에 덩치의 주먹이 김헌일의 얼굴에 박힌다. 왼쪽 광대뼈를 맞은 김헌일은 정신이 아찔해질 만큼 고통을 느낀다. 몸을 웅크리며 얼굴을 감싸 쥐자 이번엔 덩치의 주먹이 옆구리로 향한다. 김헌일은 충격으로 숨을 쉴 수가 없다. 바닥에 주저앉아 헐떡이는 그의 등으로 연이어 덩치의 군화가 날아온다.

코피가 터졌는지 취조실 바닥이 피로 홍건하다. 힘없이 엎어져 있는 김헌일을 일으켜 세우며 덩치가 내뱉는다.

"이번에 거짓말하면 제대로 맛을 보여 줄게."

킥킥거리는 그의 모습은 흡사 도축장의 백정 같다. 김헌일은 가쁜 숨을 내쉬며 다시 의자에 앉는다. 온몸이 불에 데인 듯 화끈거린다. 눈물이 날 정도로 광대뼈 주위가 계속해서 아리다. 하얀 피부가 팔짱을 낀 채 김헌일의 얼굴을 넌지시 바라본다.

"약방 조 사장하곤 언제부터 아는 사이었어?"

똑같은 질문을 던진다. 김헌일은 떨리는 목소리로 겨우 대답한다.

"병원을 퇴원한 직훕니다."

"왜 도립병원 근처 조 사장 소유의 주택에 세를 얻었지?"

"통원치료를 받기 위해섭니다."

"그럼, 산으로 올라간 도립병원의 약제과장도 잘 알고 있었겠군."

"약제과장이란 호칭이나 이름을 들어 본 적이 없습니다."

김헌일의 말이 떨어지자마자 덩치가 그의 머리채를 잡고 취조실 안으로 끌고 들어간다. 그는 김헌일을 바닥에 내팽겨 친 뒤

등에 올라타서 두 팔을 꺾는다. 그리고 양쪽 엄지손가락을 끈으로 묶는다. 손가락 끝은 피가 통하지 않아 금세 하얗게 변한다. 그리고 끈을 취조실 천장 고리에 건 다음 잡아당긴다. 김헌일은 팔이 꺾인 상태로 엄지손가락의 힘만으로 천장에 대롱대롱 매달린다. 손가락이 떨어져 나갈 만큼 고통스럽다. 김헌일의 입에서 '아악!' 하는 신음이 저절로 터져 나온다. 하지만 덩치는 웃음을 터뜨리면서 벽에 세워진 각목을 집어 든다.

"김일성 비행기 태워 줄까? 스탈린 비행기 태워 줄까? 응?"

그런 다음 천장에 매달린 김헌일의 몸을 사정없이 후려친다. 각목에 맞을 때마다 김헌일의 몸이 흔들거린다. 빙글빙글 돌거나 좌우로 크게 움직일 때마다 그는 살이 떨어져 나가는 아픔을 느낀다.

철제 의자를 든 하얀 피부가 공중에 매달린 김헌일의 얼굴 가까이에 의자를 내려놓고 앉는다. 여전히 담담한 표정으로 다시 똑같은 질문을 던진다. 김헌일 역시 조금 전과 같은 대답을 늘어놓는다. 김헌일의 대답이 끝나자마자 덩치가 다가와 그의 몸을 각목으로 사정없어 후려친다. 김헌일은 비명을 지르다 말고 정신을 잃는다.

그가 눈을 뜨면 덩치의 매질이 다시 시작된다. 김헌일은 그렇게 몇 번이나 반복해서 똑같은 질문을 받고, 두들겨 맞고, 정신을 잃는다. 어느 순간이 되자 아무런 고통도 느낄 수가 없다. 처음부터 자신의 몸에는 팔과 엄지손가락이 붙어 있지 않았던 것처럼. 다만 이대로 죽어 버렸으면 하는 생각만 간절해진다. 하얀 피부가 '좋아. 오늘은 여기까지……. 보기보단 맷집이 좋은 녀석이네.' 하고는 먼저 취조실을 나간다. 덩치는 공중에 매달린 김헌일을 바닥에 내려놓은 뒤 땀으로 번들거리는 얼굴을 닦는다.

"너 같은 독종도 두 번은 넘기지 못한단 말야. 다음엔 좀 더 재밌는 경험을 시켜 주지."

헌병이 다시 들어와 바닥에 쓰러진 김헌일을 1층으로 끌고 올라간다. 복도를 사이에 두고 감방이 나란히 들어서 있다. 헌병이 감방 중 하나에 김헌일을 던져 넣고 문을 잠근다. 한동안 차가운 시멘트바닥에 엎어져 있던 김헌일이 겨우 팔을 들어 엄지손가락을 살핀다. 다행히 뼈가 부러지지는 않았다. 하지만 손가락 관절 주위가 벌겋게 부어 있다. 그 다음은 얼굴이다. 손바닥으로 얼굴을 더듬더듬 만져 본다. 앞이 잘 보이지 않을 만큼 눈 주위가 아리다. 코와 입술에서 흘러내린 피가 굳으면서 딱지가 생겼다. 아니, 얼굴뿐 아니라 온몸에 성한 곳이 없다. 시간이 지날수록 고통은 더해진다. 머리에서 발끝까지 아프지 않은 곳이 없을 정도로. 후덥지근한 날씨에도 몸에 한기가 인다. 김헌일은 새우처럼 몸을 웅크리며 눕는다. 그때 감방 안에 있던 누군가가 체념한 듯 조용히 말한다.

"여기에 끌려온 이상 살아 나갈 순 없어요. 버텨 봤자 고통만 더할 뿐이오."

김헌일이 힘들게 고개를 들어 감방 주위를 두리번거리지만 목소리의 주인공이 누구인지 알 길이 없다. 감방 안이 너무 어둡기 때문이다. 김헌일은 머리를 다시 바닥에 누이고 가쁜 숨을 내쉰다. 어디선가 가늘게 사람의 비명소리가 들려온다. 지하 취조실에서 또 다른 사람이 고문을 당하는 모양이다. 조금 전 자신을 취조하던 하얀 피부와 덩치의 얼굴을 떠올린다. 담배를 권한 뒤, 몇 번이고 같은 질문을 던지고 정신을 잃을 때까지 매질을 멈추지 않을 테지. 김헌일은 애써 자신의 이름을 마음속으로 외쳐 본다. '난 김헌일이다. 난 지은 죄가 없다. 여기서 살아 나가 아내와 성진을 돌봐야 한다.' 그러나 그는 곧 절망감에 빠져든다. 다시 취조실에 끌려 간다면 도저히 견뎌낼 재간이 없을 거라는 걸 알기 때문이다. 없는 죄까지 고백하고 총살을 당하는 게 어쩌면 행복한 일인지도 모른다. 김헌일은 눈을 지그시 감으며 차라리 그 편이 낫지 않을까, 라는 생각을 한다.

11

남한에 단독정부가 들어선 직후부터 대대적인 토벌작전이 군과 경찰에 의해 일어났다. 먼저 무장대에 협조적인 중산간 마을부터 본보기가 되었다. 소방대의 비상경보종을 울려서 사람들을 모은 뒤 학살을 하거나 늦은 밤이나 새벽에 마을을 급습해 무장대 동조자들을 색출하는 방법으로 사형 집행을 이어갔다. 여기 저기서 제주도민들의 희생 소식이 올라왔지만 무장대는 섣불리 움직이지 못했다. 피해 마을 출신의 청년들을 중심으로 맞서 싸우자는 주장이 강했지만 도사령부의 생각은 달랐다. 군경토벌대가 중산간 지역의 마을부터 토벌하는 이유가 무장대를 고립시키거나, 끌어내기 위한 일종의 전술작전이라고 판단한 때문이다. 거기다 도사령부 내에선 무장 투쟁이후 오히려 피해가 커지고 있는 제주도민들에 대한 고민이 있었다. 조직을 존속시키기 위한 어쩔 수 없는 선택이었다고 주장하는 강경파와 성급한 무장투쟁으로 선량한 도민들의 희생만 불러왔다는 온건파 사이에 책임론이 일었고 장기전에 대한 우려의 목소리도 커져 갔다.

어떻게 이번 사태를 유연하게 끌고 가면서 도민들의 피해를 최소화 할 수 있는지에 대한 토론이 매일 벌어졌다. 계속 증원되고 있는 경비대와 경찰의 막강한 화력에 정면으로 대응해 봤자 승산이 없다는 쪽으로 가닥이 잡히면서 도사령부의 명령이 신속하게 무장대로 전달되었다. 토벌작전이 끝날 때까지 당분간 응전을 피하고 분대 단위로 흩어져 몸을 숨기라는 내용이었다. 그에 따라 방만식의 소대도 분대로 나뉘어서 한라산 부근의 오름에 흩어져 생활하게 되었다. 테우리로 제주의 산야를 떠돌던 방만식에겐 오히려 조직이나 규율에서 벗어나 오랜만에 자유로움을 만끽할 수 있는 시간이었다. 전투에서 오는 긴장감과 두려움에서도 어느 정도 벗어날 수 있었다. 뒤늦게 입산한 최기호는 어머니와 문식의 소식을 전해 들은 뒤부터 말을 잃은 채 침울하게만 지냈다. 천애고아나 다름없던 방만식이지만 최기호에겐 동정이 갔다. 후방부대에 있던 그가 톱부대로 지원했을 때 말없이 받아들인 것도 그런 연유에서다. 그는 사상이니 주의니 하는 것보단 매를 맞지 않으려고 입산을 한 것뿐이었다. 파업 주동자로 몰려 경찰의 고문을 받고 겨우 풀려났지만, 그 이후에도 제주읍이나 화북지역에 쟁의가 발생할 때마다 수시로 끌려가 조사를 받았다. 취조실에선 언제나 말보다 폭력이 먼저였다. 보다 못한 그의 어머니가 입산을 종용했다. '차라리 여기서 맞으멍 죽느니 산으로 도망쳤다가 세상이 평온해지면 내려옵서.' 최기호는 그때를 떠올리며 늘 혼잣말처럼 자책하곤 했다.

"어멍 말을 듣지 말아야 했주……. 저 때문에 어멍이 죽은 게주."

경비대에 있다가 입산한 분대원도 최기호와 비슷한 이유로 자원입대를 했다. 경비대에 들어가면 경찰이고 서청이고 자신을 건들지 못한다는 걸 알았기 때문이다. 그중엔 가족의 복수를 위해 입산한 김몽룡이란 청년도 있었는데 그는 아버지와 형, 누이 둘을 잃고 구사일생으로 살아남아 입산한 경우였다.

"전 학교에서 공부를 하고 있었어요. 그때 마을에서 친척 한 분이 오셔서 도망가라고 일러 주셨죠. 경찰들이 들이닥치기 바로 직전이었어요."

김의 누이들은 이웃 마을에서도 소문날 만큼 인물이 좋았다.

그런데 마을에 경찰 응원군으로 들어온 서청의 귀에까지 그 소문이 들어간 게 화근이었다. 틈만 나면 집으로 찾아와 누이에게 산책이나 가자며 농을 걸었다. 그날은 대낮부터 술에 취해 돌아다니던 사내들이 밭일을 나가려던 누이 둘을 잡고 추행을 일삼았다. 참다 못한 김의 아버지와 형이 항의하며 대들자 서청들은 그 자리에서 두 사람을 쏴 죽이고 누이 둘을 지서로 끌고 갔다. 취조실에서 고문을 빙자한 윤간을 당한 누이들도 마을 부근에서 총살당하고 어머니도 같은 날 안방에서 살해당했다.

"후환이 두려웠던 서청들은 우리 집을 불태우고 저까지 죽이려 했던 거예요. 나중에 들으니 그들 모두 포상휴가를 받았대요. 뭐든 빨갱이로 몰아붙이면 살인도 포상을 받는 세상인 거죠."

방만식의 소대가 호(虎)부대로 불릴 만큼 토벌대와 치열하게 싸우는 이유도 개인적인 원한과 복수심 때문이었다. 방만식도 무장대 생활에 회의감이 들 때마다 숨이 끊어지기 직전의 요시무라를 떠올렸다. 살인이 모두 나쁜 것은 아니다, 마땅히 죽어야 할 사람도 있는 거니까, 라고 마음을 다잡는 것이다.

산 아래에 푸른 군복이나 검정색 전투복을 입은 토벌대의 모습이 간혹 보이는 날이 있었지만 오름 생활을 하는 방만식 소대는 꽤 한가한 시간을 보내고 있었다. 군경토벌대들이 산속 깊숙이 들어오지 않은 탓도 있었지만, 보급부에서 다섯 사람이 먹을 충분한 식량을 마련해 준데다 틈틈이 방만식이 꿩이나 노루를 잡아 와 단백질을 보충할 수 있었기 때문이다. 바짝 마른 나무를 땔감으로 사용하면 연기가 발생하지 않았다. 덕분에 낮에도 따뜻한 보리밥이나 꿩죽을 쑤어 먹었다. 왜정 말기 결7호 작전의 일환으로 제주에는 옥쇄를 각오한 7만 명의 일본군들이 미군과의 마지막 항전을 준비했다. 덕분에 제주도 전역이 요새화되어서 유격전을 펼치기에 유리한 조건이었다. 일본군들이 만든 진지동굴은 외부에서 잘 발견할 수 없을뿐더러 견고하게 지어져 있었고, 또 출구와 입구가 분산되어 있어서 도주에도 유리했다. 소대원들은 낮에는 그곳에서 잠을 자거나 휴식을 취하고 밤이 되면 토벌대의 근황을 살피기 위해 오름 아래로 정찰을 나가는 단순한 생활을 반복했다. 어느 날인가는 최기호와 함께 보급투쟁을 나간 적이 있었다. 오름 인근 마을까지 내려가 묵은 김치와 보리를 얻어 돌아가는 길이었다. 소총을 둘러멘 채 앞서가던 방만식에게 최기호가 넌지시 말을 건넨다.

"만식이 성."

어설프게 급조된 부대였지만 엄연히 규율과 계급이 존재하는 곳이라 호칭에도 주의가 필요했다. 하지만 최기호는 곤지동에서처럼 만식을 형이라 부르며 덧붙인다.

"종일 성은 어찌 되었시카?"

"……."

"성이 죽었단 소문을 들었주."

걸음을 멈춰 선 방만식이 뒤돌아서서 최기호를 바라본다.

"여부터는 내가 짊어지멍 가쿠다."

방만식은 어깨에 멘 99식 소총을 최기호에게 건네고 대신 보릿자루를 짊어진다. 정말 가을이 오는지 해가 떨어진 새벽은 쌀쌀한 기운이 감돈다.

"기호는 어떻주. 종일 성이 죽었음 허젠?"

"아니우다……. 전……."

"겐다멍 걱정맙서."

방만식은 그 말만을 남긴 채 앞서 걷는다. 20킬로그램은 족히 나갈 것 같은 보릿자루를 들고도 방만식의 걸음을 당해낼 수 없다. 최기호는 숨을 헐떡이며 그를 따라가기 바쁘다.

"하멍, 종일 성은……."

뒤돌아선 방만식이 최기호를 보며 미소를 짓는다.

"우리가 싸우는 건 사람을 죽이기 위해서가 아니라 살리기 위해서주. 안 그럼수꽈?"

최기호가 말없이 고개를 끄덕인다.

"더 이상 곤지동 사름이 죽지 않으멍 하우다."

"기호 맘 잘 암시나."

해가 어스름 수평선 너머로 떠오르면서 어둠을 몰고 간다. 한라산 능선에서 바라보는 제주의 풍경은 언제나 감탄을 자아낸다. 오름에 도착했을 땐 도사령부에서 보낸 열다섯 안팎의 연락병이 부대원들과 잡담을 나누고 있었다. 방만식이 보릿자루를 부대원에게 건네고 연락병에게 다가간다. 머리를 짧게 깎은 소년이 경례를 부친 뒤 새 사령관이 된 이덕구의 명령문을 전달한다.

"소련혁명기념일을 전후해 대대적인 반격에 나선다. 모든 부대원들은 30일까지 중문면으로 집결할 것……. 여 까지우다."

소년의 똘망똘망한 눈을 보며 방만식이 미소를 짓는다.

"정치지도원 동무는?"

"사령관님과 함께 행동하우다."

"다른 소식은 없시까?"

"지도원 동무가 소대장님 만나멍 이걸 전해 주라 햅서."

소년은 배낭에서 담배를 꺼내 내민다. 언젠가 권련을 말아 피우는 방만식을 보며 석호가 '담에 만날 땐 미군들이 피우는 담배를 선물하지.'라고 농담처럼 말한 적이 있었다. 방만식이 '미제국주의자의 담배를 정치지도원 동무가 피워도 되는 거우까?'라고 반문하자 그는 '계급투쟁을 하려면 그 정도 타락은 해 봐야 하는 거다. 만식이 너의 단점이 바로 그거야. 순수함, 좌도 우도 아닌 애매한 상태……. 큰일을 하려면, 그리고 신념을 이루기 위해선 선택이 필요하지. 그리고 그건 언제나 흙탕물을 뒤집어 쓸 수밖에 없다.'라고 말했다. 방만식은 그때를 떠올리며 럭키 스트라이크를 호주머니 속에 집어넣는다.

"언제 올라왔시냐?"

"저 말이우까?"

방만식이 미소를 짓자 소년은 울음을 참는 듯 입술을 질끈 깨문다.

"아방, 어멍 모두 검정개들헌테 잡혀 죽어 불고 저만 살아남 았주."

"궨당(친척)은?"

소년은 고개를 좌우로 흔든다.

"대신 성님이 있수다. 저보다 두 달 전에 입산을 했주."

"소식은 들었니?"

소년의 얼굴이 금세 어두워진다.

"게메 연락병이 되었구나."

"그럼 수다게."

"다음은 어디로 가시냐?"

"5.0지대 이우다."

"가기 젠 아첨이나 먹으멍."

하지만 소년은 밝아오는 하늘을 가리키며 대꾸한다.

"시간이 없수다. 널까정은 모든 부대원들에게 명령을 전해야 하우다."

방만식은 대견하다는 듯 소년의 머리를 쓰다듬는다. 그때 소년의 이야기를 듣고 있던 김몽룡이 다가와 꿩고기로 만든 육포를 건넨다. 동병상련을 느끼는지 김은 소년의 손을 꼭 쥐면서 입을 연다.

"배고플 때 먹어라……. 그리고 형은 꼭 찾을 거야."

김을 바라보는 소년의 입가에 살포시 미소가 인다.

12

　며칠이나 지났는지 모를 일이다. 오늘따라 천둥소리가 유난히 크게 들린다. 김헌일의 기억이 분명하다면 3, 4일 전부터 제주읍에 비가 내리기 시작했다. 지하 취조실에서 그를 심문했던 덩치나 하얀 얼굴의 말과는 달리 김헌일은 그 후 며칠 동안을 계속해서 어두운 감방 안에서만 보냈다. 이틀을 고열과 함께 사경을 헤매며 헛것을 보기도 했는데 모진 게 사람 목숨인지 사흘이 지나면서 차츰 열이 떨어지고 몸도 안정을 찾아갔다. 그와 같이 수감되었던 사람들은 하나둘 자취를 감추어 어느새 감방에는 김헌일 혼자만이 남게 되었다. 식사 시간에 사식을 넣어 주는 군인이 '좋은 백을 두었구나.'라는 생뚱맞은 말을 건네며 지나갔다.

　김헌일이 다시 지하 취조실로 끌려간 건 그로부터 이틀이 지난 뒤다. 때늦은 장맛비로 취조실 안은 습기와 함께 피비린내가 더욱 짙게 배여있다. 그런데 하얀 얼굴과 함께 철문을 열고 들어온 사람은 덩치가 아니라 비서부장이다. 그는 스테인리스 컵을 탁자 위에 올려놓으며 '고생으 많았소.'라고 말한다. 김헌일이 놀란 눈으로 바라보자 비서부장이 손짓을 한다. 하얀 얼굴이 말없이 취조실 밖으로 나가자 비서부장은 맞은편 의자에 앉는다. 입에서 알코올 냄새가 풍기는 걸 보니 새벽까지 술을 마신 모양이다.

"처음부터 내 말대루 경찰학교에 들어갔으면 이런 수모도 겪디 않았을 거인데."

"어떻게 여길……."

"사찰주임으 전화를 받았디. 제수씨와 자네 아내도 함께 있다고 했소."

비서부장은 탁자 위에 있는 스테인리스 컵을 입으로 가져간다. 김헌일은 그제야 사식을 넣어 주던 군인의 말을 이해할 수 있다.

"나 때문에 걱정이 많았군요."

"어디 걱덩만 할까……."

말을 하다 말고 비서부장은 넌지시 김헌일을 바라본다.

"지금 빼내 가려고 했는데 헌병대 과장으 말이 아딕 조사가 끝나지 않았다고 하지 안카서…… 아무래도 돈으 내놓으라는 심보 같소."

"돈이라니요?"

"시치미 뗄 필요 없소. 자네 형 종일으 말이오. 한때 성내에선 삽으로 돈을 퍼 간다는 말이 돌았지비."

"그게 무슨 소립니까?"

"달러르 얼마나 가디고 있소?"

어떻게 그가 달러에 대해 알고 있을까? 김헌일은 개기름으로 번들거리는 비서부장의 얼굴과 음흉스러운 시선을 애써 외면한다. 달러는 일본으로 밀항하기 위해 꼭 필요한 돈이다. 그 돈이 없으면 제주를 벗어날 수가 없다. 그의 머릿속에 수많은 생각이 스쳐 지나간다.

"무슨 말인지 모르겠습니다."

김헌일을 바라보던 비서부장의 표정이 굳어진다.

"종일으 사무실이 서청 사무실과 아래, 위층이라는 건 알고 있디요?"

김헌일이 말없이 고개를 끄덕인다.

"거기 부사장이란 늠으 이틀 전에 죽었지비."

"네?"

"리름이 고영두라고 했던가……. 그의 집에서 10달러짜리 지페르 발견할 수 있었디…… 남로당 공작금으로 사용하려 했다는 혐의가 포착되었소."

김헌일은 아무런 대꾸도 할 수 없다. '공작금이라니, 말도 안 되는 소리……. 단지 돈을 빼앗기 위한 핑계일 뿐일 테지.' 그 순간 김헌일은 자신이 이곳에 끌려온 진짜 이유가 약방 주인 때문이 아니라는 사실을 깨닫는다.

"종일이 달러를 가디고 있는 건 내 일찍이 알고 있었지비. 돈으 내놓으시오. 이곳에서 나갈 수 있는 류일한 방법이니까니."

침묵하는 김헌일에게 비서부장은 마지막 선고를 내리듯 덧붙인다.

"형의 친구라면서 어떻게 이럴 수 있습니까?"

"나도 어쩔 수가 없어. 밀수라는 거이 여러 늠들이 얽히고설켜스리……. 종일이가 실종되지 않았다면 이럴 필요도 없었겠디만 말요……. 따디고 보면 종일으 실종된 것두 자네 때문 아니갔어? 그러니 잔말하디 말고 어서 내놓으라."

김헌일이 계속 침묵만 지키자 비서부장은 탁자를 치면서 소리친다.

"아직, 뎡신으 못 차렸구나. 이보라. 들어오라! 손 좀 봐야갔어!"

하얀 얼굴이 덩치와 함께 취조실 안으로 다시 들어온다. 덩치는 김헌일을 보자마자 뺨부터 후려친다. 그리고 그를 탁자 위에 눕히고 머리가 탁자 밖으로 나오게 한 뒤 몸을 묶는다. 그사이 하얀 얼굴이 주전자에 물을 가득 담아 고춧가루를 푼다. 덩치가 몸 위에 올라타 가슴을 누르는 사이 하얀 얼굴은 김헌일의 고개를 젖히고 나서 콧구멍에다 고춧가루 물을 붓기 시작한다.

숨이 막힌다. 콧속뿐만 아니라 그 주위가 쓰리다. 머리가 아파 오기 시작한다. 김헌일은 고통을 참지 못하고 머리와 몸을 마구 흔들어 대지만 소용이 없다. 90킬로그램은 나갈 것 같은 덩치가 누런 이빨을 드러내며 웃는다. 그는 김헌일의 가슴 위에 올라타 무릎으로 양팔을 꼼짝 못하게 만든다. 고춧가루 물이 눈 안으로 들어갔는지 불에 대인 듯 화끈거리고 따갑다. 매질을 받는 것보다 더 집요한 고통이 음습해 온다. 숨이 턱 아래까지 차올라 혼절하면, 잠시 쉬었다가 다시 콧속에 물을 붓는 식으로 오랫동안 고문은 반복된다.

어느새 김헌일의 배가 불룩하다. 자포자기가 된 김헌일의 몸이 시체처럼 널브러진다. 가까이에서 팔짱을 낀 채 지켜보던 비서부장이 고영두도 이곳에서 숨이 끊어졌다는 말을 건넨다. 귀에도 물이 들어갔는지 그의 목소리가 이명처럼 울린다. 덩치가 김헌일의 몸에 감겨 있던 끈을 푼 뒤 책상을 옆으로 엎어 버린다. 그의 몸이 취조실 바닥에 나뒹군다.

"지금부터가 시작인데…… 벌써부터 뻗어 버리면 재미가 없잖아."

덩치가 군홧발을 김헌일의 배 위에 올려놓고 눌러 대면서 말한다. 그때마다 김헌일의 입에서 고춧가루 물이 흘러나온다.

시간이 지날수록 얼굴 부위의 따가움이 심해진다. 자꾸만 눈이 감기고 눈물이 난다. 덩치가 김헌일을 일으켜 세워 철제 의자에 앉힌다. 전기고문을 하려는지 EE-8전화기의 전선을 그의 손가락 끝에 연결한다.

"말하디 않으면 여기서 살아나갈 수 없어. 아직도 모르갔어? 자네가 죽으면 다음은 아내가 답혀올 거이구 그 다음엔……"

그 다음엔 한석희겠지. 김헌일은 따가운 눈을 깜박거리며 힘들게 비서부장을 올려다본다. 그는 개선장군처럼 버티고 서서 그를 내려다보고 있다. 아버지에 이어 어머니까지 빼앗아 가게 버려둘 순 없다. 성진의 모습을 떠올리는 순간 김헌일은 모든 걸 포기해야 한다는 사실을 깨닫는다. 이곳 제주에서는 결코 비서

80

부장의 손아귀에서 벗어날 수가 없는 것이다.

"달러만 내놓으면…… 모두가 살 수 있는 거요?"

김헌일이 가쁜 숨을 내쉬며 더듬거린다.

"물론이디."

비서부장이 김헌일 가까이 다가와 그에게 속삭인다.

"여길 나가면 내 말대루 경찰학교에 입교하는 거디. 그 다음엔 쉽지 안카서? 누가 자넬 건드리갔어? 경찰 신분에, 비서부장인 나까지 버티고 있는데……."

김헌일이 자포자기의 심정으로 힘없이 고개를 끄덕인다. 비서부장은 그제야 만족스러운 얼굴로 그의 어깨를 가볍게 두드린다.

"이제야 말귀를 알아듣는구나. 몇 시간 디나고 나면 얼굴도 괜찮아 질 거이야."

그의 커다란 웃음소리가 취조실 안을 울린다.

13

때늦은 장마와 함께 폭우를 동반한 태풍이 제주 근해를 자주 지나간다. 중산간 지방에서는 논과 밭이 유실되고 해안가 마을에서는 정박 중이던 어선이 파도에 부서지기도 한다. 곤지동을 가로지르는 화북천도 평소엔 건천으로 물이 흐르지 않지만 장마가 시작되면서 산지천 상류에서부터 불어난 물이 밧곤을을 통해 바다로 빠져나가면서 커다란 원****을 만든다. 밧곤을에 모여 있던 모래와 자갈이 바다 쪽으로 실려 나갔다가 파도에 다시 떠밀려 올라오면서 둑처럼 쌓여 원을 만드는 것이다.

소용돌이를 치며 바다로 흘러가는 화북천 물줄기에 천을 가로지르는 다리가 유실될까 봐 걱정을 하는 사람들도 많다. 홍성수는 실종된 문식이 대신 김 노인을 도와 선창으로 나간다. 선창막에는 곤지동 남자들이 배에서 떼어낸 돛을 가지고 들어와 한곳에 정리해 두거나 사람 키보다 긴 노를 비스듬히 세로로 세워 말리고 있다. 어구를 따로 챙기는 사람도 보인다. 김 노인은 바람의 부는 정도나 파도의 세기를 어림잡고는 배를 모두 선창 위로 올려놓는 게 좋겠다고 말한다.

선창에 정박 중인 어선들을 뭍으로 끌어올리는 일은 생각보다 힘들고 요령이 필요했다. 아직 빗줄기가 굵어지거나 바람이 드세진 않았지만 이마에서부터 흘러내린 땀이 빗물과 함께 홍성수의 시야를 가린다. 어선 한 척을 뭍으로 끌어올리기 위해서는 청장년 10여 명 이상이 힘을 모아야만 했다. 어선의 제일 아랫부분인 용골에 둥근 나무막대기를 가로로 깔면 선미에 있던 사람들이

---

* 그렇게 만들어진 원을 천연원이라고 한다. 원은 지리적 조건을 이용해 어로행위를 하는 시설을 일컫는다. 원에 물이 들면 멸치가 들어왔다 물이 빠지면서 미처 빠져나가지 못하고 원에 갇혀 손쉽게 잡을 수 있는 것이다.

배를 육지로 밀어낸다. 그리고 배가 앞으로 움직이기 시작하면 다시 둥근 나무막대기를 가로지게 깔고 이번엔 선두와 선미에서 배를 끌거나 민다. 홍성수는 선미에서 젊은 사내들과 함께 힘을 쓴다. 여러 개의 나무막대기를 돌려가며 배 밑에 까는 사람은 노련한 중년들 몫이다. 모두들 김 노인의 기합소리에 맞춰 배를 밀고 멈추기를 반복한다.

이곳 제주에서만 볼 수 있는 테우와 장도리배를 마지막으로 뭍에 올려놓은 뒤에 홍성수는 기진맥진 자리에 주저앉는다. 김명호와 박이 다가와 그의 어깨를 두드리면서 위로를 한다. 선창막으로 돌아왔을 때 김 노인 또래의 나이든 사람들이 보리수제비를 큰 가마솥에 끓이고 있다. 점심식사를 한 지 얼마 되지 않았지만 홍성수는 그들이 떠 주는 수제비를 순식간에 먹어치운다. 어디서 가져왔는지 조막걸리를 돌리는 마을 어른도 있다. 마른 멸치와 소라를 안주로 먹는 조막걸리의 달짝지근한 맛이 선창의 분위기와 잘 어울린다. 시간이 지날수록 빗줄기가 굵어지고 바람도 거세져 바로 앞까지 파도가 밀려와 부딪친다.

"검정개들이 민보단인가 뭔가를 만들어 닦달을 하니 견딜 수가 없수다. 생업도 못허고 석벽 쌓는 일에 나가야 허구, 밤낮으로 경계도 서야 허구……."

"게메 에펜들은 어쩌구. 게네들 밥해 먹이랴 시중들랴……."

"서부락에 사는 고씨 두가시 이야긴 들었주?"

누군가가 막걸리를 먹다 말고 입을 연다. 고씨 부부라면 열일곱 살 밖에 안 된 장남이 산으로 올라가면서 화북지서로부터 주목을 받던 집안이다.

"몰르쿠다. 무슨 일 있었수꽈?"

"이틀 전에 화북지서로 끌려가 총살당했단 소릴 들었주. 전날 할아방 제사가 있었는데 그 집 아덜이 몰래 다녀간 모양이우다."

"헛 참. 말세지 마심……. 누가 또 꼰지렀수꽈?"

홍성수는 마을 사람들의 이야기를 들으며 묵묵히 막걸리를 마신다. 이웃사촌이라는 말이 무색해질 만큼 사소한 앙금이 사람의 목숨까지 위협하는 세상이 되었다. 적을 만들지 말아야 한다는 말이 유행할 정도가 되었으니 참으로 안타까운 일이다. 또 다른 누군가가 문식이 소식을 물으면서 김 노인 건강을 걱정한다. 김 노인은 그에게 막걸리를 따라 주면서 '몸도 누기고 정신도 정광하니 걱정 맙서.'라고 대답한다.

취기가 오르자 으슬으슬 한기가 일던 몸도 이내 훈훈해진다. 홍성수는 김명호와 박에게 다가가 건배를 한다. 김명호는 이곳 출신답게 뱃일에도 힘든 기색이 전혀 없다.

"아까 보니 성수 성은 또게또게하니(힘에 부처 불안스러워 보이다의 뜻) 뒤에서 흉을 많이 봤주."

하고 박이 홍성수에게 농을 건넨다.

"이런 일은 처음이라……."

"그런데 얼케 헌일네 배하고 호달매 관리하러 여까증 내려왔수꽈?"

박의 계속된 닦달에 김 노인과 마을 어른 몇몇이 웃으며 '글쎄 마심.' 하고 맞장구를 친다. 홍성수는 얼굴을 붉힌 채 '다른 이유가 있었던 거 아니수꽈?'라고 은근히 자신의 속을 떠보는 박에게 술잔을 내민다.

"쓸데없는 말 하지 말고 어여 술이나 들게."
하고는

"아내는 어떤가? 몸조리는 잘 하고 있는가?"
라고 화제를 돌린다. 박은 손으로 자신의 배를 둥글게 만들면서 대꾸한다.

"예펜 뱃배기가 솔찌하우다. 조만간 나도 아방이 되는 거우다."
"축하할 일이군."
얼굴 가득 웃음꽃이 핀 박에게 홍성수는 진심을 담아 말한다. 김명호도 그의 어깨를 치면서 함께 기뻐해 준다.

선창막을 나와 마을로 돌아가는 길에 홍성수는 김명호에게 새로 무장대 사령관이 된 사람에 대해 묻는다.

"그가 김 형과 같은 학교를 나왔다고 들었어요."
김명호는 대답 대신 고개만 끄덕인다.

"그 때문에 혹 김 선생까지 위험해지는 건 아닌지 모르겠소."
"어디서 듣고 왔는지 어멍도 비슷한 말을 하더군요. 하지만 난 겁나지 않아요. 아니, 세상이 어지러울수록 더더욱 마음을 다잡고 생업에 종사하는 게 맞지 않겠어요? 동창이라곤 하나 그에 대해선 이름 정도만 알고 있어요. 일면식도 없는 사이인데 별일이야 있겠습니까?"

하지만 홍성수는 김명호와 김달삼을 한통속으로 몰아가던 비서부장의 모습을 떠올린다. 홍성수의 얼굴에 근심이 인다. 해가 기울어질 때까지 빗줄기는 굵어졌다 가늘어졌다를 반복한다. 바람 때문에 도롱이를 입은 몇몇 노인들을 제외하곤 모두 비 맞은 생쥐 꼴로 마을로 향한다.

14

헌병대에서 풀려난 김헌일은 한동안 고문 후유증으로 고생을 했다. 자초지종을 모르는 인선과 한석희가 집으로 돌아온 그를 반겼지만 김헌일은 가슴속에 이는 분노를 삭이느라 일주일 가까이 방 안에서 누워만 지냈다.

달러를 가져가기 전에 비서부장은 '종일이가 달러르 모으고 있단 사실으 모두가 알고 있었지비. 그거이 문제였어. 종일으 실종되고 나서 모두들 그 달러에만 관심으 게져가지고선 난리를 치지 안카서. 나 역시 큰 소리르 치고 다니디만 얼케 그리 끗발이 있갔어. 종일이와 친하단 이유로 총대를 멘 것뿐이디. 자네나 제수씨에겐 면목이 없디만 어쩔 수 없는 일이지비.'라는 말을 건넸다. 그러나 김헌일은 그의 말을 곧이곧대로 믿지 않았다.

그런 사정을 모르는 인선이 밀항 이야기를 꺼내자 김헌일은 담담하게 대꾸한다.

"밀항에 대해선 잊어버리는 것이 좋소. 어떻게든 이곳에서 살아갈 방도를 찾지 않으면 안 되니까…… 내 말 이해하오?"

"하멘 일본으로 들어가지 않는단 말이우꽈?"

김헌일이 고개를 끄덕인다.

"그렇소. 이곳 제주읍에서 험한 시기를 견뎌야 할 것 같소."

"또다시 순사들이 찾아오면 어떡하우꽈?"

걱정스럽게 묻는 인선의 두 눈에 눈물이 글썽인다. 김헌일은 그녀의 가녀린 어깨를 감싸며 입을 연다.

"걱정하지 마시오. 이젠 누구도 우리 가족에게 손을 대지 못할 거요."

다짐을 하듯이 김헌일은 다시 한 번 내뱉는다.

"아무도 당신과 성진을…… 형수에게 해를 끼치지 못할 거요."

그러나 인선은 남편의 모습이 오히려 불안해 보인다. 도립병원에서와는 달리 몸을 추스르는 동안에도 김헌일은 한 번도 미소를 짓거나 말을 건넨 적이 없었다. 제법 옹알이를 하며 살갑게 구는 성진을 앞에 두고도 어둡고 우울한 표정을 짓기 일쑤였고, 끊었던 담배를 다시 피우기 시작했다. 이유도 없이 한숨을 쉬거나 가위에 눌리는 날이 많았다. 그때마다 인선은 헌병대 취조실에서 남편이 겪어야 했을 끔찍한 일들을 어렴풋이나마 짐작할 수 있었다. 그녀의 두 눈이 다시 붉게 물든다.

"하멘 정말 경찰학교에 들어가실 거우꽈?"

"선택의 여지가 없소."

"하멘 정말 제주 사람들에게 총부릴 겨눌 수 있수꽈?"

인선의 두 번째 질문에 김헌일은 대답하지 못한다. 인선은 살며시 그의 가슴에 얼굴을 묻으며 속삭인다.

"저와 성진이 때문이라멍 그럴 필요 없수다."

통금을 알리는 사이렌 소리가 멀리서 들려온다. 두 사람은 잠시 사이렌 소리에 귀를 기울인다.

"경찰 유치장과 제주중학교에 있는 수용소에서 많은 사람들을 봤소. 재판도 없이 끌려가 총살당하는 사람도 있었고 취조실에서 죽어 간 사람도 많았지……. 난 이제껏 제주가 처한 현실을 제대로 보지 못했던 거요."

김헌일은 인선과 눈을 마주치며 말을 잇는다.

"우리가 생각하는 것보다 이곳은 더 위험하고 위태로운 곳이오. 한 순간에 가족 모두를 잃을 수도 있다는 걸 알게 되었으니까."

비서부장의 말대로 자신에겐 처음부터 선택의 여지가 없었다. 그런 사실을 깨닫기까지 오랜 시간이 걸리진 않았다. 제주경찰서의 유치장과 천막수용소, 헌병대 취조실에서의 경험만으로도 충분했기 때문이다.

15

중문면에 모인 무장대는 3.0, 3.1, 4.3, 5.0지대로 200명이 넘는 병력이었다. 99식 소총뿐 아니라 M1, 카빈소총에 중·경기관총, 수류탄까지 갖추고 있어 도(道)사령부의 정예부대라고 할 수 있었다. 이덕구는 김달삼과 달리 언변이 유려하지는 않았지만 정확히 핵심을 찔러 말하는 습관이 있었다. 짧은 머리에 가무잡잡한 피부 때문인지 외모는 평범한 청년처럼 보였다. 그의 옆에는 정치지도원인 석호가 이덕구와 같은 일본 장교복을 입고 회의에 참석했다. 하늘은 푸르게 높고 산야는 울긋불긋 단풍이 지는 쾌청한 날씨였다. 이런 시국이 아니라면 가을 야유회라도 하는 분위기였다. 그는 지대장들을 불러 모은 뒤 군경토벌대를 산으로 유인한 뒤 섬멸하는 작전에 대해 진지하게 입을 열었다. 사령관으로 부임한 이후 첫 번째 반격작전이라고 할 수 있었다.

"토벌대들은 제주도민을 무참히 도륙하고 있소. 더 이상 간과할 수 없는 일이오. 애월과 하귀에서 억울하게 목숨을 잃은 도민들을 위해서라도 분발해 주시오."

토벌대는 애월의 시장터에서 유격대 동조자들이라며 40여 명의 부락민들을 공개처형 했다. 하귀에서도 자운당이라는 곳에서 60명을, 마을 일주도로에서 180여 명을 참살해 공분을 일으켰다. 이번 습격은 애월과 하귀에서 일어난 학살에 대한 보복의 성격을 가지고 있었다. 구체적인 작전은 석호가 지도를 펼쳐 놓고 설명을 했다. 지대 별로 각각 독립적인 작전을 구사하되 구역을 나누어 저항한다. 먼저 3.1지대원들은 천망에 오름에 진지를 구축하고 4.3지대와 5.0지대는 좌우 측면에서, 3.0지대는 맞은편 큰바리메오름에서 전선을 구축한다. 토벌대의 유인은 발이 빠르고 지리에 밝은 3.0지대의 방만식 소대가 맡는다. 석호는 회의석 제일 끝에 서 있는 방만식을 향해 '이번 작전의 승패는 방 두령 손에 달렸소.'라고 덧붙인다.

작전회의가 끝나고 각 소대별로 탄창이 지급된다. 방만식의 2소대는 기동력을 높이기 위해 경기관총을 반납하고 M1소총을 받는다. 배낭 대신 허리에 륙색을 차고 최대한 짐을 줄인다. 출정하기 전 석호가 직접 장만해 온 쌀밥으로 배를 든든하게 채운 15명의 소대원들이 중문면 아지트에서 출발을 한 건 해가 오르기 직전이었다.

그 무렵 토벌대는 중문면의 11개 마을을 돌며 학살을 자행하고 있었다. 방만식은 출발하기 전에 최기호와 이 부근 출신 대원을 정찰병으로 보냈다. 곧 그들에게서 보고가 올라왔다. 가까운 월평리 지서에 누렁개들이 2대의 트럭에 나눠 타고 들어와 주둔하고 있다는 내용이었다.

"지서에 많은 사름들이 갇혀 있으멍 곧 사살될 거란 정보이우다."

방만식은 퇴로를 확보한 뒤 곧장 월평리로 내려간다. 3분대로 나뉘어 1분대는 마을 입구와 가까운 일주도로 좌우에 배치하고,

2분대는 곧장 지서로 가서 군경토벌대에게 도발한다. 마을까지 들어간 대원들이 일제히 월평리 지서로 총알을 박아 넣는다. 콩 볶은 소리와 함께 보초를 서던 경찰 하나가 가슴을 부여잡고 쓰러진다. 2분대 분대장을 맡고 있던 김몽룡은 99식 소총으로 백 미터 이상 떨어진 참새를 명중시킬 만큼 명사수였다. 사이렌 소리와 함께 경비대의 반격이 시작된다. 적당히 응사를 벌이던 2분대가 뒤로 밀리는 척 후퇴를 한다.

2분대가 경비대를 마을 밖으로 유인하는 동안 방만식과 3분대는 월평리 지서를 습격해 지서 안에 있던 경찰들을 사살하고 유치장에 갇힌 주민들을 탈출시킨다. 두 대의 트럭은 불태우고 지서 안에 있던 무기와 탄환을 챙겨 경비대를 쫓는다. 9연대 경비대 30명은 마을이 무장대 손에 넘어갔다는 오판을 하고 2분대를 쫓는 대신 일주도로로 후퇴를 시도한다. 하지만 그곳에 매복 중이던 1분대의 기습을 받고 모두 산 쪽으로 밀려 올라간다. 전투 경험이 없는데다 이곳 지리에 익숙하지 못한 경비대들은 갈팡질팡하며 대오도 없이 산 위로 밀린다. 그러다 천망에 오름 가까이에서 매복 중이던 무장대들의 공격을 받고 30명 전원이 몰살당한다.

이 전투로 무장대는 군복과 군화, 무기, 탄환을 확보하는 한편 토벌대의 강경 진압으로 위협을 느낀 중산간 마을의 주민들을 안심시킬 수 있었다. 그동안 토벌대에게 밀리기만 하던 무장대에서도 자신감을 얻는 계기가 되었다. 그리고 10월 중순, 제주로 급파 예정이던 14연대가 여수와 순천에서 반란을 일으켰다는 정보가 제주에까지 전해졌다. M-1소총과 LMG경기관총, 60미리 박격포로 무장한 그들은 여수를 중심으로 순천과 구례, 곡성 등을 차례로 장악해 갔다. 그 소식이 전해지면서 북한도 가만있지 않을 거라는 막연한 희망이 사령부를 중심으로 퍼져 나갔다. 새로 사령관에 부임한 이덕구가 남한정부에 선전포고를 한 것도 그 무렵이다. 하지만 그 달콤한 시간은 오래가지 못했다. 여순반란사건은 곧 경비대에 의해 진압되었고, 제주에서는 중산간 지역을 중심으로 본격적인 초토화 작전이 시작되었기 때문이다.

16

제주에서는 경찰프락치사건으로 큰 파장이 일었다. 남로당 세포로 의심되는 경찰과 공무원, 법조계에 종사하던 많은 사람들이 신분 고하를 막론하고 줄줄이 연행되었다. 당연히 제주 출신의 김헌일이 경찰학교에 입교하는 데에도 까다로운 검증이 뒤따랐다. 비서부장과 함께 그의 신원보증을 서 주었던 사찰주임은 경찰청장이 바뀌면서 부산으로 전근 명령이 떨어질 거라고 했다.

입소식 날 아침, 사찰주임이 직접 지프를 몰고 와 김헌일을 경찰학교까지 데려다준다. 그는 최근의 경찰 분위기 때문인지 '여순사건 이후 경비대나 경찰 내부에서 조차 빨갱이들을 잡아들인다고 난리가 났어요. 제주 출신이라는 딱지가 붙어 다니니까 더 더욱 행동을 조심해야 할 겁니다.'라는 조언도 아끼지 않는다.

전농로 부근을 지나칠 때쯤 사찰주임은 한석희에 대해 말한다. 두서없이 늘어놓는 이야기를 요약하자면 그녀와 함께 부산으로 가고 싶다는 내용이다. 당황한 듯 바라보는 김헌일에게 사찰주임이 입을 연다.

"그리 놀랄 필요는 없어요."

동백나무 군락이 바라보이는 도로가에 지프를 정차시킨 사찰주임이 담배를 꺼내 불을 붙인다. 한동안 두 사람 사이에 침묵이 지나간다.

"형수와 의논한 일입니까?"

김헌일이 겨우 질문을 던진다.

"네……."

하고는 덧붙인다.

"나와 함께 부산으로 들어가는 게 그녀로서도 좋을 겁니다."

하지만 형이 납치된 지 반년도 지나지 않아 이런 이야기를 들어야 하는 김헌일의 심기는 불편하다. 말없이 앉아 있는 김헌일에게 사찰주임이 다시 말을 건넨다.

"여수와 순천에선 민간인 희생자들도 많았다는군요."

"그래서 다음은 제주에서 사람들이 죽어 나갈 차례란 말인가요?"

"무장대 사령관이라는 자가 얼마 전 정부에 선전포고를 했습니다. 그게 뭘 의미하는 진 알고 있겠죠?"

모든 상황이 최악으로만 치닫는 것 같아 김헌일은 절로 한숨이 나온다.

"형수를 걱정해 주는 건 고맙지만……, 성진에겐 하나뿐인 어머닙니다."

"하지만 성진을 볼 때마다 종일일 떠올리겠죠."

"형님은 납치당했을 뿐이에요."

"아직도 살아 있다고 생각하는 겁니까?"

침울한 얼굴의 그에게 사찰주임이 다시 입을 연다.

"아일 원했던 것도 종일이었지 석희 씨가 아니었어요."

"무슨 뜻으로 하는 말입니까?"

"성진일 위해서 그녀가 선택한 일입니다."

"형수가요?"

사찰주임이 고개를 끄덕인다.

"난 단지 그녀가 좀 더 행복해지길 바랄 뿐입니다."

사찰주임의 마지막 말에 가슴이 뭉클해진다. 김헌일은 동백나무 군락으로 시선을 돌린다. 낮은 돌담 사이로 군락을 이루고 있는 동백나무 가지는 제주의 바람을 닮은 것 같다. 짙은 초록의 나뭇잎 사이로 분홍색 꽃봉오리가 피는 것이 완연한 가을이 다가온 듯도 하다. 제주의 가을은 하늘도 바다도 짙은 비취색을 띤다. 곧 한라산 자락에선 단풍이 질 것이고 억새가 사람 키만큼 자랄 것이다. 그리고 군인과 경찰로 이루어진 토벌대들은 시야를 확보한다는 명목으로 그곳을 온통 불바다로 만들어 버리겠지. 김헌일은 침울한 표정으로 다시 입을 연다.

"형수의 마음이 그렇다면 전 반대하지 않겠어요."

사찰주임의 얼굴에 비로소 미소가 인다. 둔탁한 엔진소음과 함께 지프가 다시 움직이기 시작한다. 어차피 한치 앞을 내다볼 수 없는 세상이지 않은가. 제주에 다 같이 모여 있다 화를 당하느니 차라리 그 편이 나을지도 모른다. 어느덧 경찰학교의 교정이 차창 밖으로 나타난다.

17

입교식이 끝나고 내무반으로 이동한 9기생들은 2주 동안 지낼 침대를 배정받는다. 2층 침대에는 매트리스가 깔려 있고 그 위에 두 장의 군용모포와 베개가 놓여 있다. 김헌일과 같은 침대를 사용하게 된 최라는 젊은이는 이제 갓 열아홉을 넘긴 청년이다. 교관의 지시에 따라 지급받은 속옷과 훈련복으로 갈아입는다. 군화는 김헌일의 발 치수보다 조금 컸기 때문에 끈을 바짝 조인다. 눈에 흉터자국이 있는 사내가

"이야. 이거 일본군들이 입던 검둥 군복 아니네?"

하고 투덜거린다. 그때 교관이 내무반으로 들어와 소리친다.

"제주가 고향인 9기생들은 사재물품들을 포장하도록. 아, 그

리고 가족들에게 안부를 전하고 싶으면 편지를 써도 좋다."

그러나 대부분의 9기생들은 이북에서 내려온 서북청년들이다. 한 사내가 '평양까지 편지가 갑네까?'라고 교관에게 묻자 옆에 있던 동료가 '지금쯤 우리 아바이 어마이는 천당에 가 있을 거인데요.'라고 우스갯소리를 한다. 그러나 김헌일에겐 모두가 뼈 있는 말처럼 들린다. 김헌일은 그들의 눈치를 살피면서 조심스럽게 아내에게 편지를 쓴다. 교관이 건네준 연필로 편지지에 한 자 한 자 글씨를 써 내려갈 때마다 인선에 대한 그리움이 더해진다.

'식사는 거르지 않고 잘 챙겨 먹고 있소?'
로 시작하는 편지는 경찰학교의 풍경에서부터 같이 훈련을 받게 된 9기생들의 첫인상으로 이어진다. 그리고 사찰주임과 나눴던 대화에 대해서도 쓰면서, 형수가 그런 결심을 한데는 성진의 미래 때문이 아니겠소? 제주 출신이라는 허울을 벗는 것도 성진을 위해서 좋을 거요, 라고 그녀를 두둔한다.

하지만 김헌일의 경찰학교 생활은 순탄하지 못했다. 그가 서북이나 본토 출신이 아니라 제주에서 태어났다는 사실 때문이다. 거기다 서북청년단 소속의 사내들은 말투에서부터 이질감이 느껴졌다. 평안도와 황해도 특유의 억센 억양만큼이나 사나운 성품이 그대로 행동으로 나타나는 경우가 많았다.

경찰학교의 훈련은 오전 5시 30분에 울리는 기상나팔로부터 시작되었다. 학급별로 맨손체조를 시작하고 체조가 끝나면 곧바로 아침 구보에 들어갔다. 7시 30분 아침식사를 하고 40분 정도의 자유시간 동안 세안과 개인 물품을 정리했다.

처음 1주 동안은 체조와 구보, M1을 본떠 만든 나무총으로 제식훈련과 총검술, 사격자세등을 배웠다. 훈련의 반을 넘어선 2주차부터는 본격적인 실전사격에 들어갔다. M1소총에 대한 구조와 청소법, 분해와 조립을 능숙하게 할 수 있을 만큼 반복적인 훈련이 이어졌다. 영점사격과 예비사격, 완사사격과 속사사격을 매일 연습했다. 일본 관동군 출신의 교관들은 모질고 독하게 훈련생을 대했다. 식사는 주로 콩나물국과 무김치, 보리와 조에 쌀이 들어간 잡곡이 나왔다. 식단에서 빠지지 않는 콩나물국을 도레미탕이라고 부르면서 지겨워하는 훈련생들도 많았다.

9기생 중엔 제주 출신이 없었기 때문에 김헌일은 외톨이처럼 지냈다. 아니 그 스스로 서북청년들과는 거리를 두었다. 하지만 시간이 지날수록 그들은 김헌일을 제주 빨갱이가 아닌 제주경찰 9기 27번이라고 불러 주었다. 김헌일 역시 비서부장으로 대변되던 서북청년들에 대한 막연한 적개심에서 어느 정도 벗어날 수 있었다. 침대를 같이 사용하던 최와는 '형', '동생'으로 부를 만큼 가까워졌다. 열아홉 살 밖에 되지 않은 최는 어린 나이 탓인지 서북 출신의 다른 사내들과 달리 제주사람에 대한 편견이 없었다. 안주공립중학교를 졸업하고 단신으로 월남한 최는 배를 굶지 않는다는 이유로 서북청년단에 가입을 했다가 이곳까지 흘러오게 되었다. 자그마한 몸집에 차분한 성격인 그는 제주로 들어오는 배 안에서 처음 바다를 볼 수 있었다고 고백했다.

점심식사 뒤의 자투리 시간을 이용해 햇볕이 잘 드는 연병장 한켠에서 최와 함께 화랑을 피운다. 최가 불을 나눠 주면서

"이곳은 어딜 가나 바다르 볼 수 있어 좋습네. 갈매기도 여기서 처음 보는 것입네."

라고 진심으로 제주 풍경에 감탄하며 말한다. 김헌일은 얼굴에 닿는 훈훈한 기운을 느끼며 대꾸한다.

"처음부터 지원해서 온 게 아니었나?"

"기런 말 마시라요. 이것도 인연이라면 인연이겠디만."

하고는 말을 잇는다.

"서울서 서북청년단 단장하고 면담으 했습네. 저보구 한글하고 한문으 잘 아느냐고 묻기에 기렇다고 대답했디요. 그랬더니 '넌 기럼, 경비대가 아니라 경찰이 되어야겠구나. 조서르 꾸미려면 한글과 한문으 잘해야 하지 안카서.'라고 하면서 이곳에 보내디 안켔습네까."

"그래서 제주경찰학교에 입교하게 되었군."

"사실은 말입네. 제 꿈은 화가가 되는 거였습네. 고호나 고갱처럼 말입네."

그리고는 주위를 둘러보며

"아, 기러구 이건 비밀입네. 김 형만 알고 있으라요."

라고 속삭이며 얼굴을 붉힌다. 김헌일은 피식거리며 그의 어깨를

살며시 친다.

"고향 생각은 나지 않아?"

"왜 나지 않습네까. 평안도 안주…… 거기가 살수대첩이 있었던 곳입네다. 아시디요? 청천강……. 낚시를 펑계루 형님과 도시락 싸들고 거길 자주 가지 않았겠습네까."

그때 김헌일은 허공을 바라보는 최의 시선에서 뭔가 애틋한 감정을 느낀다.

"왜 혼자 내려왔는가?"

최는 머리를 긁적이며 대답한다.

"할아바지는 목사, 아바지는 장로였디요. 우리 집안은 대대로 안주에서 술도가를 하였수다. 형님은 서울서 유학하고 돌아온 샌님이었디요. 하디만 험한 세상을 만나가지고서리 집안이 풍비박산 나지 않았겠습네까? 저는 나이가 어리다는 이유로 화를 면했디요."

"거기서도 사람들이 많이 죽었나?"

"아바지가 교회에 있으면서 조선민주당에도 가입해 활동했드랬디요. 조선민주당이라는 게 여기로 치면 우익정당하고 성격이 비슷했는데 조선로동당과는 여러가디로 대립하는 게 많았습네다. 어려서 잘은 모르디만 47년부턴가는 리북도 완던히 김일성하고 로동당 세상이 되어 버렸습네다. 말 한마디도 조심해야 했디요. 기런데도 아바진 그쪽 비판을 마니 하고 다녔습네다……. 숙청대상이 1차에서부터 5차까지 있었는데, 그 때문인디 아바진

1차 숙청대상이 되었디 뭡네까. 아바지와 친하게 지내던 집안 어른들이 그날 마니 죽었디요. 동네 뒷산에 끌려가서리……. 아바지와 형의 시신을 수습하자마자 할아바지가 절 월남시켰수다. 나이차면 나까지 답혀 죽는다구."

김헌일은 괜한 질문을 했다고 후회한다. 무엇이 우리를 이토록 상처입고 아프게 하는 것일까? 다만 지금의 어지러운 세상이 지나가면 이 기나긴 고통에서도 벗어날 수 있을까.

"아아, 이런 얘기 덩말 싫습네다."

갑자기 자리에서 일어난 최가 엉덩이에 묻은 흙을 털어 내며 연병장을 바라본다.

"오후 훈련 둔비 해야디요. 저기 9기생들 발써 다 모입네다."

그래도 김헌일이 일어날 기색이 없자 최가 그의 손을 잡으며 억지로 일으켜 세운다.

"임관하고 나서도 같은 지구대에 배속받았으면 똫겠는데 말입네다."

"그래. 나도 그랬으면 좋겠군."

"기래구 말입네다."

잠시 뜸을 드리던 최가 쑥스러운 듯 머리를 긁적이며 다시 입을 연다.

"김 형을 보고 있으면 죽은 형님 생각이 자꾸 납네다. 말투가 기렇고 성격도 기렇고……. 기래서 하는 말인데 김 형을 진짜루 제 형님처럼 생각해도 되겠습네까? 솔직히 말하디만 저 혼자 이곳에서 살아가기가 외롭기도 하구 두렵기도 합네다. 당분간 고향 구경도 힘들 것 같구."

김헌일은 최의 발그레한 얼굴을 곁눈질하며 고개를 끄덕인다. 최가 눈웃음을 지으며 좋아한다. 멀리서 교관들이 걸어 나온다. 최가 김헌일을 재촉하며 9기생들 속으로 걸음을 빨리한다.

18

동제원에 이덕구의 목이 걸렸다는 소문이 돌면서 화북사람들의 관심을 끌었다. 그러나 동제원에 구경 갔던 한 청년이 그곳에 걸린 목이 이덕구가 아니라는 주장을 하고 나섰다. 조천중학원에서 이덕구에게 역사를 배웠던 청년의 말은 설득력이 있었다. 그러나 화북지서에서는 오히려 그 청년을 무장대와 연관이 있다는 이유로 연행해 갔다.

청년에게는 두 살 위의 누나가 있었는데 화북국민학교에서 김명호에게 한글을 배우는 제자 중 한 사람이었다. 그녀로부터 우연히 일의 자초지종을 전해 들은 김명호가 청년을 살려야 한다며 곧장 화북지서로 향했다. 그러나 김명호는 그날 저녁 집으로 돌아오지 않았다. 다음 날, 동제원에 걸렸던 이덕구의 머리가 제주읍 관덕정으로 옮겨 효수되었다는 소식만 들려올 뿐이었다.

고씨 어멍이 김헌일의 본가로 찾아온 것은 오후 무렵이다. 그녀는 갈치젓이나 우엉조림 같은 밑반찬을 가져와서는 제때 밥을 챙겨 먹어야 한다는 말로 인사를 대신한다.

"매번 고맙습니다."

고개를 꾸벅이며 밑반찬을 받아드는 홍성수에게 그녀가 어렵게 입을 연다.

"겐 말 하젠 맙써. 그보다 우리 아덜, 명호 소식 좀 부탁합수다게."

"아직 명호 씨 소식이 없습니까?"

고씨 어멍의 두 눈에 금세 눈물이 고인다.

"지서에서는 호꼼만 이십서게(조금만 계서보세요)란 말뿐이우다."

"제가 다시 알아보고 연락드리겠습니다……. 똑똑한 사람이니 별 일은 없을 거구요."

그래도 아들 걱정에 발걸음을 돌리지 못하는 고씨 어멍이다. 홍성수는 연자맷간 앞까지 그녀를 배웅하고 돌아와 외출 준비를 한다.

화북지서에서는 김명호가 서장과 함께 어제 오후 제주읍으로 넘어갔다는 이야기뿐이다. 언제쯤 연락이 가능한지 묻는 홍성수에게 경관은 무뚝뚝하게 '그건 나도 잘 모르겠소.'라고 응답한다.

"그럼 전화 한 통만 써도 되겠습니까? 감찰청 사찰주임이 제 동창인데요."

사찰계는 경찰 조직에서도 요직에 속하는 부서였다. 더구나 제주읍에서 일어난 경찰프락치사건 이후 사찰계의 눈치를 살피는 이들이 많았다. 홍성수가 이름을 밝히자 경관은 못마땅한 표정으로 전화기의 크랭크 손잡이를 돌린다.

"제주감찰청 사찰계."

교환수에게 말하는 경관의 표정은 여전히 퉁명스럽다. 몇 가지 확인을 한 뒤 홍성수에게 수화기를 내민다.

"홍성숩니다."

"그래요……. 아직 올라가지 않았습니까?"

사찰주임의 목소리가 수화기 속에서 흘러나온다.

"사정이 생겨서 아직 곤지동에 머물러 있습니다."

"이곳 상황이 좋지 않으니 하루빨리 서울로 올라가는 게 좋아요."

"저도 그럴 생각입니다만……. 그보단…… 부탁할 게 있어 전화 드렸어요."

"그보다 급한 일이 뭐가 있습니까?"

반문하는 사찰주임에게 홍성수는 김명호 이야기를 꺼낸다.

"그게 사실이라면 징계감인데…… 거기 경관을 바꿔 주세요."

이번엔 홍성수가 순경에게 수화기를 내민다. 수화기를 집어 든 경관의 얼굴이 곧 새파랗게 변한다. 뒤이어 경사가 불려와 사찰주임에게 추궁을 당한다.

사찰주임에게 다시 전화가 걸려 온 것은 1시간 정도가 지난 뒤다. 지서 밖으로 어느새 노을이 지기 시작한다. 사찰주임은 화난 목소리로 '성수 씨 말대로 관덕정에 걸린 머리는 이덕구가 아니었소. 이번 사건은 경찰의 수칩니다.' 하고는 덧붙인다.

"얼마 전 고성리 부근에서 무장대와 경찰 간에 치열한 교전이 있었죠. 그곳 무장대를 이끌던 사내가 일본 군복에 칼을 차고 있어서 이덕구로 오해를 한 거요."

하지만 홍성수에겐 관심 밖의 일이다.

"제가 부탁했던 김명호란 사람은…… 어떻게 알아보셨습니까?"

사찰주임은 그제야 생각난 듯 대꾸한다.

"이덕구와 같은 학교를 나왔다던 김명호……. 지금쯤 빨갱이 녀석들과 함께 총살당했을 겁니다. 주정공장에서 끌려 나간 지 2시간이 넘었다니까."

"네?"

"조천중학원에서 이덕구에게 수업을 들었다던 청년, 그 청년이 모두 불었어요. 김명호가 시킨 일이라고 말입니다. 동제원에 걸린 목이 이덕구가 아니라는 사실을 사람들에게 알려 무장대 사기가 떨어지는 걸 막아야 한다고 했답니다."

홍성수는 한동안 말을 잇지 못한다. 이렇게 억울하고 허무하게 사람이 죽을 수도 있구나.

"확실히 김명호가 맞습니까?"

"조금 전 화북지서에서 온 서장과도 통화를 했어요. 성수 씨 말대로 그가 김명호를 연행해 왔더군요. 서장 말이……. 졸업앨범까지 가져와선 이덕구를 잘 안다고 자랑을 했답니다."

홍성수의 입에서 짧은 신음소리가 터져 나온다. 더 이상 무슨 말을 할 수 있겠는가. 분명 조천중학원 청년은 고문으로 허위 자백을 했을 것이고 화북지서의 서장은 자신의 과오를 덮기 위해 김명호에게 누명을 씌웠을 것이다.

"끌려간 곳이 어딘지 알 순 없습니까?"

"그건 경관들이 돌아와 봐야 알 수 있겠는데……."

홍성수는 수화기를 내려놓고 말없이 지서를 나온다. 선창막에서 막걸리를 마시며 김명호는 말했다. '제자 중에 똑똑하고 예쁜 친구가 있어 수업할 맛이 납니다.' 그 처자에게 흑심이 있는 건 아니냐고 짓궂게 박이 묻자 김명호는 엉거주춤 대답을 못하고 얼굴만 붉혔다. 홍성수와 박은 그런 김명호에게 야유를 보내며 웃음을 터뜨렸다.

'그 처자의 동생이 아니었을까? 그래서 성급하게 지서로 찾아 갔던 거겠지.'

아들 소식을 손꼽아 기다리고 있을 고씨 어멍을 생각하니 아픔이 밀려온다. 남편에 이어 하나뿐인 외동아들까지 먼저 떠나보내야 하는 심정을 어떻게 말로 표현할 수 있을까. 홍성수는 고씨 어멍에게 직접 김명호의 소식을 전해 줄 용기가 나지 않는다.

텃밭에서 캐 온 고구마를 손질해 가망이에 담고 있던 권유순이 홍성수를 발견하고 놀란 얼굴로 다가간다. 그러나 홍성수의 표정에서 불길함을 느낀다.

"명호 삼춘 일이에요?"

홍성수가 말없이 고개를 끄덕인다.

"동창이란 분과 통화는 하셨나요?"

"했소……."

"명호 삼촌은 어떻게……."

하다말고 그녀는 홍성수의 붉은 눈동자를 바라보며 그 자리에 주저앉는다.

"오늘 총살당했단 소릴 하더군……."

방문을 열고 힘겹게 마루로 나온 그녀의 시어머니가 마룻바닥을 치며 소리친다.

"정말 고씨 어멍 아덜이 죽엇시냐? 남펜 가심 묻고 이젠 명호까지……. 아이구 고씨 어멍. 설완(서러워서) 어찌 하우꽈!"

홍성수는 착잡한 심경으로 두 사람을 묵묵히 바라본다.

19

곤지동에서 고씨 어멍은 여장부로 통했다. 물질을 잘해 어린 나이에 상군해녀로 이름이 났다. 김명호를 유학까지 시킬 수 있었던 것도 그녀의 억척스런 생활력 때문이다. 남편을 불의의 사고로 잃었을 때에도 그녀는 흔들리지 않았다. 일본에 유학하던 김명호에게 학업에 방해가 된다는 이유로 남편의 사고 소식을 알리지 않을 만큼 고씨 어멍에게 그는 꿈이고 희망이었다.

권유순이 김명호의 소식을 전했을 때 그녀는 믿으려 하지 않았다. 화북지서에서 한바탕 난리를 치고 난 뒤에 그녀는 제주항 근처의 주정공장까지 찾아 나섰다. 다행히 그곳 주정공장에 구금되어 있던 사람들 중에 김명호의 얼굴을 아는 이가 있었다. 조천중학원에서 국어를 가르치던 그 선생은 김명호가 이곳에서 반나절 정도 머물렀다고 말했다. 군인들이 석방자 명단이라며 사람들을 불러냈기 때문에 당연히 집으로 돌아간 줄 알았다고 그는 덧붙였다.

"명단에 적힌 사람들은 모두 일본군들이 입던 낡은 군복으로 바꿔 입었습니다. 속옷까지 모두 벗기고 군복을 입히더군요. 그런 다음 군용트럭을 타고 떠났습니다."

선생도 그 이후의 행방에 대해선 알지 못했다. 고씨 어멍은 석방되었을 거라는 선생의 말에 고무되어 김명호가 살아 있을 거라는 희망을 버리지 않았다. 그러나 채 1시간도 지나지 않아 희망은 절망으로 바뀌었다. 스물 명이 넘는 남자들이 트럭에 실려 간 곳은 주정공장에서 얼마 떨어지지 않은 제주항의 동쪽 부두였다. 부두에서 뱃일을 하던 사내들 중 서넛이 트럭으로 끌려온 젊은이들의 모습을 목격한 것이다. 그들은 트럭에서 내린 젊은이들이 상어잡이 어선에 실려 바다로 나갔다고 증언했다. 고씨 어명이 믿지 않자 그날 배를 타고 나갔던 선원을 만날 수 있게 도와주었다.

선원의 말은 충격적이었다. 김명호를 비롯한 스물 명이 넘는 젊은이들은 모두 철사로 팔이 묶인 채 배에 올랐다. 10명 정도의 군인들도 배에 승선해 갑판은 북적였다. 젊은이들 중 누군가가 '석방되는 거 아니었습니까?' 하고 묻자 중위 계급을 한 군인이 목포에서 석방시키라는 명령을 받았다고 답했다. 그러나 누구도 중위의 말을 믿지 않았다. 배가 부두를 떠나기 전부터 기도문을 외우는 젊은이가 있었다. 살려 달라고 울음을 터뜨리는 소년은 겨우 열여덟 살이었다. 선원에게 양민증을 맡기면서 '난 애월에 사는 김 아무개요. 시신은 찾지 못하겠지만 제삿날이라도 알아야 하니 부탁하오. 가족들에게 전해 주시오. 사례는 아버님이 저 대신 하실 겁니다.'라고 담담하게 부탁하는 젊은이도 있었다.

산지부두와 관탈섬 사이에 들어섰을 때 배의 속력이 갑자기 줄어들었다. 청년들은 죽음이 임박했다는 사실을 직감으로 알아채고는 불안한 얼굴로 주위를 두리번거렸다. 뱃멀미를 하는지 구토를 하는 청년도 있었다. 그때 한 사내가 일어서서 '민중의 기 붉은 기는 전사의 시체를 싼다……'라는 적기가를 부르기 시작했다. 몇몇 청년이 그에 동조해 노래를 따라 불렀다. 주변에 있던 군인들이 그 젊은이부터 끌어내 총을 쏘았다. 사내는 힘없이 바닷속으로 사라졌다. 군인들이 다음 청년을 끌고 나갔다. 그는 뒤통수에 총알이 박히기 전까지 '오너라 감옥아 단두대야 이것이 고별의 노래란다'라는 적기가의 구절을 큰소리로 불러댔다. 그러나 대부분의 청년들은 부모와 아내와 자식의 이름을 부르며 억울해했다.

이상이 선원이 들려준 이야기였다. 고씨 어멍은 그때부터 김명호의 시신이라도 찾아야 한다며 물소중이를 입고 차가운 늦가을 바다로 뛰어들었다. 곤지동의 해녀들이 모두 그녀를 말렸지만 소용없는 일이었다. 그녀는 날이 밝기 전에 바다로 나가 어둑해지면 마을로 돌아왔다.

안드렁물에서 만난 권유순의 얼굴은 창백하다. 홍성수는 그녀의 부르튼 입술을 보며 착잡한 기분을 감출 수 없다. 오늘도 새벽 첫 닭이 울기 전에 고씨 어멍을 말리러 갔지만 매몰차게 뿌리치며 바다로 나갔다고 걱정을 한다.

"뭐에 쓰인 것 같았어요. 저러다 고씨 어멍마저 어떻게 될까 봐 걱정이에요."

하지만 홍성수는 아무 말도 하지 못한다. 최근에 그가 느끼는 것은 무력감이다. 미사어구가 들어간 빛나는 문장도 몇 날을 고민해 완성한 몇 구절의 시어도 빨갱이라는 단어에 묻혀 버렸다. 그 단어 하나로 사람의 목숨을 살릴 수도 죽일 수도 있는 세상이 된 것이다.

"나 또한 그의 죽음이 아직 믿기지 않소. 그렇게 허무하게 목숨을 잃을 줄이야……."

하다 말고 권유순을 물끄러미 바라본다.

"저렇게라도 하지 않으면 견딜 수 없을 거요."

"두려워요."

권유순이 말한다.

"뭐가 말이오?"

"당신을 잃을 것 같아서요."

"그런 걱정은 하지 마시오."

그러나 홍성수도 불안감을 느끼기는 마찬가지다. 공개 처형을 보고 난 뒤부터 그도 줄곧 불길한 예감에서 벗어날 수 없었다. 그들의 육신은 지금도 그곳에서 부패하고 있었다. 막연히 숨이 끊어지는 거라고 생각했던 죽음이 악취가 나고, 피부가 썩어 들어가고, 구더기가 들끓는 구체적인 형태로 각인되어 버렸다. 홍성수는 그날 이후 검은 두건을 쓰고 있는 자신의 모습에 놀라 잠에서 깨는 날이 많아졌다.

"죄송해요. 저 때문에……."

권유순이 홍성수를 올려다본다. 그는 고개를 좌우로 흔들며 대답한다.

"당신과 함께 있고 싶을 뿐이오."

별도봉과 사라오름 사이에서 불어오는 바람이 제법 싸늘하다.

겨울이 성큼 다가온 것 같은 느낌이다. 권유순은 안드렁물이 담긴 허벅을 구덕 안에 내려놓는다. 그녀가 구덕을 어깨에 멜 수 있도록 홍성수가 다가가 돕는다.

"어제 시어멍이 남편 이야길 했어요."

안드렁물을 나와 별도봉 아래 오솔길을 나란히 걸으면서 권유순이 입을 연다.

"올해부터는 제사를 지내야겠다구요……."

"징용 간 남편 말이오?"

"네……."

잠시 두 사람 사이에 침묵이 흐른다. 홍성수는 몇 걸음 뒤쳐져서 그녀를 바라본다.

"당신은 어떻소? 아직 그가 돌아올 거라 믿고 있소?"

권유순은 고개를 좌우로 흔든다. 하지만 그뿐이다. 홍성수는 그녀의 침묵 뒤에 오는 어두운 표정을 읽으며 남편에 대한 사랑일까? 아니면 동정일까? 하는 생각이 든다. 어색한 분위기 속에 어느덧 두 사람은 안곤지동 입구에 들어선다. 그때 성란이 오솔길을 뛰어오며 권유순과 홍성수의 이름을 부른다.

"무슨 일이니?"

권유순이 숨을 헐떡이며 다가오는 성란에게 묻는다.

"고씨 어멍이 지게에 시체를 지고 왔수다."

"김명호?"

놀란 얼굴로 홍성수가 묻는다. 성란은 고개를 갸우뚱거리며 말한다.

"그게…… 알아보기가……. 겐데…… 고씨 어멍이 좀 이상하우
다."

고씨 어멍은 지게에 이고 온 시신을 방 안에 눕힌 뒤 부엌에
들어가 식사 준비를 한다. 김명호가 평소에 즐겨 먹던 갈치국을
끓인다고 아궁이에 불을 지피고 물을 안친다. 시신에서 나는 악
취 때문인지 마을 아낙들은 방으로 들어갈 엄두를 내지 못한다.
부엌 입구에서 걱정스러운 표정으로 서성거리던 김 노인의 부인
이 마당으로 들어오는 홍성수를 발견하곤 다가간다.

"고씨 어멍이 노망이 들었는 갑서. 아덜에게 먹인다고 지둘켜
해여당 정지서 국 끓인담서 저러고 있수다양……."

홍성수는 불안한 얼굴로 부엌 쪽을 흘겨보는 그녀를 다독인
뒤 김명호의 시신이 있다는 방으로 들어간다. 입과 코를 막고 반
듯하게 누워 있는 시신을 살핀다. 피부는 검게 변해 있고 몸 전
체는 벌에 쏘인 것처럼 부풀어 있다. 얼굴은 알아볼 수 없을 만
큼 훼손이 심하다. 양쪽 눈은 무언가에 의해 뜯겨져 나가 참혹한
모습이다. 하지만 입고 있는 옷은 조천중학원 선생의 말처럼 낡
은 일본 군복이 분명하다.

'이게 김명호란 말인가!'

충격에 빠진 홍성수가 비틀거리며 마루로 나간다. 참으로 덧
없는 인생이다. 그때 뒤따라온 권유순이 명호 삼춘이 맞느냐고

묻는다.

"모르겠소. 난······."

홍성수는 말을 잇지 못한 채 부엌 쪽으로 시선을 돌린다. 아궁이 앞에서 갈치를 다듬는 고씨 어멍의 모습에 모두들 어쩔 줄 몰라 한다. 권유순이 등에 진 구덕을 마루 위에 내려놓고 부엌으로 달려간다.

"괜찮으세요?"

조심스럽게 묻는 권유순에게 고씨 어멍은 미소를 짓는다.

"방에 명호가 자고 있수다. 일본서 들어왕 피곤할 거우다."

김 노인의 부인이 '고씨 어멍!' 하고 소리친다.

"할망은 여긴 뭔 일이우꽈? 아덜 보러 왔수꽈?"

고씨 어멍이 태연하게 묻는다. 권유순이 옆에서 그녀를 부축하며 안타깝게 말한다.

"정신 차리세요. 고씨 어멍. 명호 삼춘은 죽었어요."

"뭔 소리우꽈. 명호가 죽다니······."

고씨 어멍은 권유순을 밀쳐 내고는 마루로 뛰어간다. 그리고 홍성수를 부둥켜안고 뺨을 어루만지며 '우리 명호가 여 있는데 무슨 소리우꽈. 명호가 죽었뎅 허멍!'라고 소리친다. 그러다 방 안에 있는 시신을 발견하고는 얼굴이 하얗게 변한다.

"명호야. 저 방에 누워 있는 소나이 좀 봅서. 혹시 네 아방 돌아왔수꽈."

하고는 방으로 들어가 시신을 살핀다. 몸을 이리저리 만져 보고 냄새를 맡고 이불을 덮어 주기까지 한다. 보다 못한 홍성수가 그녀를 방에서 끌고 나온다. 고씨 어멍은 나가지 않으려고 발버둥을 치며 소리를 질러댄다. 권유순과 성란이 마루로 올라와 '제발 정신 좀 차립서. 고씨 어멍!' 하며 안타까워한다.

20

제주경찰학교를 수료한 김헌일은 최와 함께 비상경비사령부 산하 별동부대인 '200인 부대'로 배속받는다. 서북청년들로 이루어진 200인 부대의 대장은 경감 계급으로 평양이 고향인 서른한 살의 건장한 사내다. 제주 출신인 김헌일이 이 부대에 배속받은 이유는 비서부장 때문이다. 비서부장은 무장대 토벌의 일선에서 활동하는 별동부대인 만큼 대우나 수당이 일반 경찰과는 비교할 수 없을 만큼 좋을 거라고 은근히 자랑을 늘어놓았다. 거기다 평남 출신의 제주경찰청장이 새로 부임하면서 힘을 실어 준다고도 했다. 그러나 김헌일은 비서부장의 진짜 속셈이 무엇인지 가늠하기 어렵다. 3.1절 기념대회에서 경찰 발포에 항의하던 김헌일의 모습을 아직까지 기억하고 있는지도 모른다. 아니면 숨겨 놓은 달러가 더 있을 거라는 의심을 품고 자신의 손아귀 아래 두려는 것일 수도 있다. 200인 부대의 경감은 비서부장과 매우 가까운 사이로 알려져 있었다.

양떼구름이 하늘을 뒤덮고 있다. 김헌일은 일주도로 앞에서 잠시 하늘을 올려다보며 이마에 맺힌 땀을 닦는다. 삽자루를 어깨에 이고 온 최가 수통을 내밀면서 '먹겠습네까?' 하고 말한다. 김헌일은 미소를 지으며 수통을 받아 든다. 제주읍과 조천을 잇는 일주도로에서 간밤에 사고가 발생했다. 새벽에 무장대들이 파놓은 1미터 깊이의 구덩이에 경찰 지프가 빠진 것이다. 지프에 타고 있던 두 명의 경관이 크게 다쳐 도립병원에 이송되고 지프는 쓰리쿼터에 체인을 걸어 빼냈다.

김헌일과 최가 속한 3분대와 4분대가 구덩이를 메우는 작업에 동원되었다. 분대장은 김헌일보다 한 살 아래의 해주가 고향인 서북청년이었다. 흙과 자갈로 구덩이를 메우는 데 대략 1시간 정도가 걸렸다. 작업이 끝난 뒤 모두 나무 그늘이나 바위틈에 앉아 숨을 돌리는 중이었다.

"여긴 10월 말인데도 아딕 햇볕이 따땃합네다."

수통을 건네 받으며 최가 말한다.

"고향보단 못하겠지만 그래도 이곳 겨울도 매서워. 특히 저기 한라산 자락엔."

최는 김헌일이 가리키는 한라산 정상을 바라보면서 '백두산 다음으로 큰 산 말입네다.' 하고 웃는다.

"백두산과 한라산이 한반도의 처음과 끝이 아니겠어."

"기렇디만 중간에 3.8선이 있디요."

최는 3.8선을 넘을 때 죽을 고비를 넘겼다. 그가 무사히 그곳을 넘어올 수 있었던 건 먼저 떠난 아버지 때문이라고 최는 농담처럼 내뱉었다. 김헌일은 기지개를 켜는 최에게 '그곳에 근무하는 북한군과 남한군은 어떤가?'라는 질문을 던진다. 최는 김헌일의 질문에 고개를 절레절레 흔들며 말한다.

"앙숙 같습네다. 서로 둑이디 못해 환장을 하지 않겠습네까?"

"무엇 때문일까?"

"원수처럼 지내는 것 말입네까? 글쎄…… 서로 뺨따구니 때리는 거랑 비슷하디 않겠습네까. 왜 서로 뺨따구니를 때리게 되었나문 소련놈들하고 미국놈들 때문이겠디요. 아바진 사람들으 욕심 때문이라고 말했디만……."

욕심이라면 누구의 욕심을 말하는 것일까. 소련을 등에 업은 김일성과 미국을 등에 업는 이승만의 욕심일까 아니면 좌우익이라는 이데올로기로 싸우고 있는 동조자들의 욕심일까? 그때 쓰리쿼터의 조수석에서 내린 분대장이 큰소리로 대원들에게 말한다.

"출동 명령이 떨어졌어. 뒷덩리 하고 모두들 탑승하라!"

도로복구 작업에 나와 있던 3, 4분대가 본대보다 먼저 조천면에 도착한다. 쓰리쿼터에 3명의 분대원을 남기고 모두 M1으로 무장을 한 채 마을로 들어선다. 새벽에 무장대의 습격이 있었는지 마을 군데군데에 불에 탄 가옥이 보인다. 경찰과 그 가족으

116

로 찍혀 살해된 경관은 조천지구대에서 근무하던 제주 출신 순경이었다. 경관은 불에 타 뼈대만 남은 집 앞 마당에 아내와 함께 쓰러져 있다. 남자는 등과 옆구리에 여자는 복부와 허벅지 부위에 죽창에 찔린 상처가 있다. 남자는 도망을 치다가 잡혀 왔는지 양손이 등 뒤로 묶인 상태다. 방 안에는 뒤집어진 밥상과 함께 그릇들이 불에 그슬린 채 흩어져 있다. 저녁상을 앞에 두고 화를 당한 모양이다. 분대장은 두 개 조로 나뉘어 현장 주변을 경계하라는 지시만 내린다. 본대가 합류할 때까지 대기하라는 명령을 받은 것 같다. 어차피 무장대는 날이 밝기 전에 산으로 올라가고 없을 것이다. 김헌일은 최와 다른 분대원 한 명과 함께 현장 외곽에 자리를 잡고 경계를 선다.

마을 초입에 뿌연 먼지바람이 일더니 곧 지프와 쓰리쿼터 3대가 도착한다. 부대장이 직접 지프를 몰고 마을로 들어온 것이다. 15분 정도의 시간차를 두고 조천지구대에서도 경찰들이 도착한다. 순식간에 조천면에서는 230여 명으로 늘어난 경찰들로 북적인다. 검은 선글라스를 쓴 대장이 빨갱이와 관계 있는 놈들을 모조리 잡아오라고 소리친다.

"한 놈도 빠뜨리디 마라!"

왜정 말기 만주에서의 전투경험을 인정받아 200인 부대를 맡게 된 대장의 카랑카랑한 목소리가 사방에 울린다.

분대원들은 착검상태로 마을을 돌아다니며 사람들을 끌어낸다. 귀가 아플 만큼 호루라기를 불어 대거나 욕설을 퍼붓는다.

남자들에게는 말보다 주먹과 발길질이 먼저다. 분대장이 머뭇머
뭇하는 김헌일의 어깨를 사정없이 후려치고는 '정신 못 차리갔
어!'라고 핀잔을 주며 지나간다.

"조천면에 경찰이 두 명 있는데 그중 구사일생으루 살아남은
한 명이람네다. 에미네가 미처 빠져나오디 못하고 그네들 손에
죽임을 당해서⋯⋯. 임신 6개월째라 그랬디요 아마."

옆에 있던 최가 고참 경관에게 들었던 이야기를 해 준다. 그
때문일까. 복수심에 불타는 경관의 손끝에는 60을 넘긴 늙은 여
자와 기껏 중학생 정도로 밖에 보이지 않는 소년도 섞여 있다.
무장대와 연관이 있거나 가족인 사람은 성별이나 나이에 관계없
이 무조건 마을 공터로 끌려 나간다.

그가 지목한 사람은 열다섯 명이다. 모두 마을 사람으로 얼마
전까지 이웃사촌으로 지내던 사이다. 중년의 사내가 경찰의 이
름을 부르며 애원하지만 소용이 없다. 늙은 여자는 중학생 소년
을 감싸 안으며 '아이만은 살려 줍서게.'라고 울부짖는다. 그러나
부대장은 피식하는 웃음소리만 낼 뿐이다. 그는 마을 경계를 담
당하던 민보단 단장과 단원들을 불러 모은 뒤 책임을 추궁한다.
단장의 정강이뼈를 차면서

"단장도 빨갱이들하고 한편 아니네?"

라고 윽박지른다. 마을 이장이기도 한 단장은 고개를 좌우로 흔
들며 강하게 부인한다.

"기럼 증명을 해 보여야디."

"무신 말임수꽈?"

"눈에는 눈, 이에는 이, 아니갔어?"

부대장은 죽창을 단장에게 내밀며 눈짓한다.

"찌르라! 저 새끼부터!"

부대장이 끌려온 소년을 손으로 가리키며 말한다. 단장의 얼굴이 금세라도 울음을 터뜨릴 것처럼 일그러진다.

"허멍 아직 나이가 어린……."

"간나 새끼가!"

부대장은 권총을 꺼내 단장의 뒤통수에 들이대며 협박을 한다.

"둘 중 하나를 선택하라. 저 빨갱이 새끼에게 죽창을 찌르든지 네놈 목아지에 총알이 박히든지……. 얼케 지금이라두 방아쇠를 당겨 둘까?"

소년이 단장의 이름을 부르며 살려 달라고 애원한다. 그러나 겁에 질린 단장은 소년의 가슴을 향해 죽창을 찌른다. 소년의 고통스러운 비명소리에도 부대장은 계속해서 죽창을 찌르라고 재촉한다. 단장은 눈을 감은 채 몇 번이나 소년의 가슴과 배에 날카로운 죽창을 가져간다. 나머지 단원들도 같은 방법으로 공터에 끌려 나온 가족들을 향해 죽창을 찌른다. 순식간에 열다섯 명의 주민이 같은 마을사람들에 의해 살해당한다.

그사이 분대원과 마을 청년들은 구덩이를 판다. 누군가 '이거 이 삽딜하러 경찰이 되었구나.' 하고 투덜거린다. 옮기던 시신의 배에서 창자가 흘러내리자 마을 청년 한 명이 구역질을 하며 바닥에 엎어진다. 주위에 있던 경찰들이 청년의 등을 발로 차면서 웃음을 터뜨린다. 김헌일은 그런 대원들의 행동을 이해할 수가 없다.

시신들을 구덩이에 파묻고 내려오는데 분대장이 김헌일을 향해 다짜고짜 군홧발을 날린다. 최가 다가가 '무슨 일입네까?' 하고 항의하지만 소용없다. 분대장은 최의 멱살을 잡고는 밀쳐 낸다.

"대갈통에 피도 안 마른 늠으 저리로 꺼지라."

뒤이어 김헌일에게 다가가 소리친다.

"간나새끼! 군기가 빠져도 단단히 빠졌구나. 토벌 나갈 때마다 지켜 보갔어!"

분대장은 바닥에 침을 뱉고는 쓰리쿼터가 있는 마을 입구로 되돌아간다. 최가 다가와 '신경 쓰지 마시라요.' 하며 위로한다. 김헌일은 최에게 괜찮다는 미소를 짓는다. 그러나 토벌이 아니라 학살이라는 생각을 떨쳐 버릴 수 없다. 무엇보다 안타까운 사실은 마을사람들 사이에서 벌어진 살인이다. 민보단 단장은 충격에서 벗어나지 못한 듯 피로 얼룩진 공터 바닥에 주저앉아 멍하니 하늘을 올려다보고 있다.

21

한라산에 서리가 내리면서 나무와 들꽃이 온통 하얀색으로 변했다. 차가운 북서풍이 불어와 이른 겨울을 느낄 수 있다. 방만식과 소대원들은 구운 감자 한 알로 허기진 배를 채우고 밤이 올 때까지 동굴 속에서 무료한 시간을 보낸다. 불가에 둘러앉아 졸거나 잡담을 나누거나 책을 읽는 소대원도 있다. 방만식은 김몽룡에게 다가가 무슨 책을 읽고 있냐고 묻는다.

"채만식 선생의 탁류예요."

"탁류?"

고개를 끄덕이며 책 표지를 보여 준다.

"전 이 책을 읽으면서 남승재 같은 사회주의자가 되고 싶었어요……. 그래서 장형보 같은 악인이 우리 사회에 발을 딛고 살아갈 수 없게 만들고 싶었죠."

김의 얼굴에 그늘이 진다.

"하지만 요즘은 제가 순진하고 무지하다는 걸 느껴요."

"왜 그런 생각을 하주?"

"실제론 장형보 같은 인간들이 끝까지 살아남아서 잘살게 되니까요. 남승재 같은 인물은 소설 속에서나 가능해요. 이곳 제주에 살고 있었다면 빨갱이로 몰려 일찌감치 살해당했을 테니까."

"그럼, 김 군이 남승재 같헌 사람이 되으명 하우다. 그래서 제주를 좀 더 살기 좋게 만들어 줍서."

김이 방만식을 보며 대꾸한다.

"방 두령님이야 말로 남승재 같은 사람이에요."

"쇠테우리를 하던 천한 사름이지 마심."

"그런 생각을 하는 소대원은 없을걸요. 모두들 방 두령님을 믿고 따르잖아요."

그때 최기호가 심각한 얼굴로 다가온다.

"누렁개들이 올라오우다."

"어디까정?"

"능선을 타고 재 바로 아래까정요."

"소대원들 모두 무장시키고 이동 준비를 하주."

"어데로 가우까?"

"붉은오름……. 김은 나와 같이 행동하우다. 토벌대 애들에게 몇 방 먹이멍 시간을 끌주."

김이 고개를 끄덕이며 소총을 들고 일어선다. 최기호는 나머지 소대원들과 함께 붉은오름으로 떠날 준비를 한다. 살손장오리에서 붉은오름까지는 백록담을 가로질러야 하는 먼 거리다. 거기다 밤이 아닌 낮이어서 토벌대에게 발각될 위험도 있었다.

"오늘 밤 해시(亥時)까정 연락이 없으멍 3.0지대로 복귀합써."

"조심하우다. 방 두령님."

최기호는 김에게도 눈인사를 건넨 뒤 소대원들과 함께 진지동굴의 다른 출구로 이동한다. 방만식은 김과 함께 불칸티오름 쪽으로 향하다 말고 바위 아래에 몸을 숨긴다. 푸른 군복을 보니 경비대로 이루어진 토벌대다. 방만식이 김의 머리를 가볍게 치며 앞서 걸어오는 한 사내를 지목한다. 대위 계급장을 단 중대장이 선두에 서서 대원들을 독려하고 있다. 김은 99식 소총의 접이식 가늠자로 중대장의 허벅지를 겨냥한 뒤 방아쇠를 당긴다. 중대장이 다리를 부여잡고 힘없이 쓰러진다. 곧이어 '탕' 하는 소리가 메아리처럼 울린다. 옆에 있던 경비대원이 쓰러진 중대장을 안고 필사적으로 나무 기둥 뒤로 몸을 숨긴다. 부상당한 중대장 때문인지 다행히 토벌대는 후퇴하기 시작한다. 방만식이 김의 어깨를 치며 칭찬을 한다.

무장투쟁이 장기전 양상을 띠면서 무장대는 어려움을 겪고 있었다. 그중 하나가 탄환과 식량 부족이었다. 투쟁 초기에는 지서를 습격하거나 이동 중인 토벌대 트럭을 습격해 탄환을 확보할 수 있었지만 토벌대와의 전력 차이가 커지면서 오히려 피해를 입고 퇴각하는 경우가 많아졌다. 식량 사정 역시 소개령 이후 악화되기만 했다. 미군정과 이승만 정부는 여순의 14연대와 대구의 6연대가 일으킨 반란을 계기로 대대적인 숙군작업을 펼쳤다. 뒤이어 국가보안법을 만들고 제주에 계엄령(우리나라의 계엄법은 1949년 11월에 만들어졌다. 따라서 1948년 11월에 제주에 선포된 계엄령은 위법이다)을 선포했다. 동시에 육지서 경비대와 전투경찰이 들어와 본격적인 토벌작전이 전개되었다. 해안에서 5킬로미터 이상 떨어진 중산간 마을을 적성지역으로 간주해 모두 불태우고 주민들은 학살하거나 해안 마을로 이주시켰다. 제주의 민

전과 도당 간부들이 월북하거나 체포 또는 살해되면서 조직도 힘을 잃어 갔다.

방만식과 김은 소대원들과 달리 한라산 정상을 가로지르지 않고 둘러서 이동한다. 일부러 흔적을 남기고 여러 군데 발자국도 찍어 댄다. 혹시 모를 토벌대의 추적을 따돌리기 위해서다. 다행히 정오를 넘어서면서 기온이 올라가 추위를 견딜 수 있었다.

"탄환이 부족해요. 제가 가진 건 일곱 발뿐입니다……."

방만식의 뒤를 따르던 김이 말한다. 방만식은 허리에 차고 있던 총알을 꺼내 김에게 건넨다.

"방 두령님은요."

"걱정맙써. 사령부에서 얻으면 되우다."

"언제까지 도망만 다녀야 하나요?"

뒤돌아선 방만식이 김을 보며 웃는다.

"일단은 살아남으멍 되는 거주……. 이해함써?"

김은 대꾸를 하려다 말고 침묵한다. 방만식의 말이 무슨 뜻인지 곰곰이 생각하는 모양새다. 석호가 사령관과 나누던 이야기를 방만식은 기억하고 있었다. 북로당이 움직이지 않는 한 희망은 없다. 본토의 남로당은 이미 조직이 와해되었고 체포되지 않은 당원들은 월북하거나 입산해 때를 기다리고 있다. 따라서 제주도당도 장기전을 준비할 수밖에 없다. 하지만 방만식에겐 북로당이나 남로당이라는 단어가 이질적으로 느껴졌다. 무장대에게 식량을 올려 보내던 마을이 불타 없어지고 희생자가 늘어 갔지만 도당사령부는 무기력하기만 했다. 하원리와 중문리 사이 고갯마루에서 벌어진 토벌대와의 전투에서 200명 가까운 전사자가 발생하는 등 타격을 입은 탓도 있을 것이다. 토벌대를 피해 입산한 중산간 마을 사람들을 설득해 해안 마을로 돌려보낼 만큼 상황이 좋지 않았다.

붉은오름의 하늘이 어느새 어둠에 묻혀 있다. 복귀 신고를 위해 지대장을 찾아갔을 때 방만식은 가슴 아픈 소식부터 전해 듣는다. 소대가 토벌대의 기습 공격을 받아 반수 가까이 목숨을 잃거나 행방불명이 되었다는 것이다.

"최기호 동무의 생사 여부도 알 수가 없소."

방만식은 침울하게 지대장의 목소리에 귀를 기울인다. 평소와 달리 그의 목소리는 낮고 힘이 없다.

"한라산 정상 부근에서 총격이 있었는데 숨을 곳이 없었던 거요. 미리 길목에서 기다리고 있었던 게지."

토벌대에 생포된 무장대 중에 전향한 동무들이 많은 탓이다. 그들은 살기 위해 무장대의 아지트나 이동로를 자백해야만 했다.

"살아 돌아온 소대원은 몇 명이나 되우까?"

"직접 가서 살펴보시오."

뒤돌아서는 방만식에게 지대장이 덧붙인다.

"곧 대대적인 기습작전이 벌어질 거요. 쫓겨 다니며 죽느니 싸우다 죽는 쪽이 낫다고 생각하는 모양이오."

"대원들이 굶주리고 있수다양. 탄환도 부족하주."

"사령부도……."

잠시 뜸을 드리던 지대장이 다시 말을 잇는다.

"사령부도 여력이 없을 거요……. 이가 없으면 잇몸으로……
알아듣겠소?"

하지만 방만식은 요시무라처럼 소대원들을 사선으로 보낼 생
각이 없었다. 대답 대신 지대장에게 눈인사를 건넨 방만식은 소
대원들이 모여 있는 막사로 들어간다. 밤이 되면서 기온이 떨어
져 쌀쌀하다. 대원들은 일본군들이 사용하던 군용 천막 안에 몸
을 바짝 붙이고 앉아 졸고 있다. 방만식을 보자마자 대원들은 눈
물부터 흘린다. 반으로 줄어든 소대원을 바라보는 그의 심정 또
한 참참하기만 하다.

"부상당한 동무를 버리고 왔주."

한 소대원이 고백하듯 입을 연다. 어차피 식량과 의약품이 부
족해 부상병을 치료할 수조차 없었다. 소대에 피해가 가지 않도
록 그 자리에서 끝까지 항전하다 죽거나 포로로 잡히는 게 낫다
는 걸 모두 알고 있었다. 방만식이 소대원의 손을 꼭 쥔다.

"최 동무가 분대원 몇 명과 함께 마지막까지 시간을 끌었주."

"모두들 죄책감을 갖지 맙써. 기호 동무도 그걸 바라지 않을
거우다."

"죽어 가는 전우를 보는 게 너무 힘들어요."

126

다른 소대원이 힘겹게 입을 연다.

"그럴수록 힘을 내야주……. 저녁은?"

"보리죽이요."

"남은 총알은 얼마나 되주?"

"서른일곱 발……. 수류탄 한 개와 다이너마이트 두 개가 전붑니다."

소대원들의 얼굴에서 생기라고는 찾아볼 수 없다. 정찰기를 띄울 정도로 현대화된 토벌대의 화력과 병력에 무장대는 속수무책으로 밀리기만 했다. 겨울이 오면 더 많은 희생자가 생길 거라는 걸 모두 알고 있었다. 죽음을 기다리는 사형수처럼 다음엔 누구의 차례일까를 떠올릴 뿐이다. 하지만 방만식은 살아남은 소대원들의 이름을 일일이 불러 확인하고 무사히 돌아와 고맙다는 말을 남긴다. 대원들의 눈이 다시 붉게 물들기 시작한다.

22

고씨 어멍이 지게에 이고 온 시신이 김명호가 아니라며 고개를 흔드는 김 노인의 얼굴에 수심이 가득하다. 김명호의 무릎에는 어릴 적 다친 상처가 나선형으로 5센티미터가량 나 있는데 방 안의 시신에서는 그 상처를 찾을 수 없다는 것이다.

"소문을 들으멍 해안으로 일본 군복을 입은 시신들이 떠내려온다 마씀. 이 시신도 그들 중 하나일 거우다."

무겁게 입을 여는 김 노인 주위에는 역시 어두운 표정의 홍성수와 박이 앉아 있다. 고씨 어멍은 그날 이후로 시름시름 앓아누웠다. 김명호의 시신이라도 찾아야 한다며 일주일 가까이 바다에 나가 무리를 한 탓이다. 건넌방에서 권유순과 김 노인의 아내가 번갈아 가며 고씨 어멍을 돌보고 있었다. 권유순은 그녀가 아무것도 먹지 못하고 눈물만 쏟아 낸다며 걱정을 한다.

"이 청년의 시신은 어떻게 하죠?"

홍성수가 김 노인에게 묻는다. 그는 담배연기를 길게 뿜으며 말한다.

"근처 왓(밭)에 묻으멍 허젠."

"그때 군인들이 뭐라 하지 않았수꽈?"

박이 중간에 끼어든다.

"소문 없이 묻으멍 괜찮을 거우다. 나중에 가족두 찾아 줘야 하주."

홍성수도 박도 김 노인의 말에 고개를 끄덕인다. 김명호가 아니더라도 제주의 불행한 운명을 타고난 청년이 아닌가. 또한 그를 애타게 찾는 가족도 있을 테니까. 김 노인이 먼저 시신을 덮고 있던 이불을 끌어낸다. 고씨 어멍이 혼수로 가져온 솜이불이다. 이불을 들추자 심한 악취가 풍긴다. 박이 냄새를 참지 못하고 마루로 뛰쳐나간다. 김 노인은 악취에도 불구하고 차분하게 가지고 온 낡은 홑이불을 펼친 뒤 시신을 둥글게 싼다. 홍성수는 김 노인의 뒷모습에 가슴이 뭉클하다. 마치 문식이가 누워 있는 것처럼 정성을 다한다.

모포의 머리 쪽은 홍성수가, 다리 쪽은 박이 잡고 마당으로 나간다. 세워 둔 지게에 시신을 올려놓고 박이 어깨에 짊어진다. 건넌방에서는 고씨 어멍의 울음소리와 그녀를 달래는 권유순의 가냘픈 목소리가 흘러나온다. 무명천으로 코를 감싼 박이 먼문 앞을 걸어 나가면서 말한다.

"고씨 어멍이 불쌍하우다."

김 노인과 홍성수도 건넌방 쪽을 응시하며 한숨을 내쉰다. 남편에 아들 복까지 타고 났다며 주위의 부러움을 샀던 고씨 어멍이지만 운명이라는 건 인간의 힘으로는 어쩔 도리가 없는 것 같다며 김 노인이 내뱉는다. 홍성수가 무슨 말이냐고 묻자 그는

"아덜 일본 유학 보낸 허멍 명호 아방이 한림에 있는 군기고에서 일용직으로 일하멍 호쏠호쏠 돈을 모았주. 경헌디 폭격으로 죽은 거라."

하고는 담배를 피운다.

"게매마심."

지게를 지고 가던 박이 맞장구를 친다.

"졸업시키려고 고씨 어멍이 고생 많이 했주. 하멘 명호가 잘살 줄 알았주마는 일이 이렇게 된 거주."

"명호 씨가 유학을 갔다 오는 바람에 더 일찍 죽게 되었다는 말이군요."

"음. 명호 아방도 잘난 사름이었주. 세상 물정에 밝아도 탈이 되는 갑서."

김 노인은 안타까운 듯 혀를 찬다.

뼈를 추리기 위해 낮게 가매장만 하고 돌아오는 길에 김 노인은 홍성수와 박에 대해서도 걱정을 한다.

"해방되멍 모두 행복해질 거라 믿었주. 경헌디 사름만 다 죽어불고……."

뒷말을 잇지 못하는 김 노인의 얼굴에도 근심이 가득하다. 문식이 생각이 나는 모양이다. 빈 지게를 어깨에 짊어진 박도 침묵을 지킨다. 바다에서 불어오는 바람에 나무의 가지며 풀이 흩날린다. 힘없이 이리저리 휘돌리는 이름 없는 잡풀처럼 제주 민초들의 삶 또한 그러하지 않은가.

돌담 너머 검은색 자갈밭 사이로 하얀 포말이 밀려왔다 밀려가면서 사나운 소리를 낸다. 초겨울이 오면서 바다는 짙은 청색을 띤다. 바람도 거세져 귓가엔 언제나 풀피리 소리가 난다. 권유순이 부엌에서 뜨거운 숭늉을 내온다. 찬바람에 얼굴이 발갛게 상기된 홍성수는 권유순이 건네는 숭늉을 바람을 불어 가며 마신다. 두 사람은 마루에 걸터앉아 말없이 마당과 별도봉 주변을 바라본다. 하늘에는 구름 한 점 보이지 않는다.

"말할 때가 온 것 같아요."

권유순이 입을 연다. 홍성수는 온기가 남아 있는 그릇을 양손으로 감싸 쥐면서 그녀를 곁눈질한다.

"시부모님에게 말이오?"

권유순이 고개를 끄덕인다.

"말하지 않으면 여길 떠나지 않을 생각이잖아요."

심각한 표정의 권유순을 보며 홍성수가 미소 짓는다.

"그렇소. 당신이 가지 않으면 난 이곳에 남아 있을 거요."

"그래요. 그래서 당신을 위해서라도 말할 생각이에요."

"날 위해 그분들을 외면할 수 있겠소?"

홍성수가 묻는다. 그녀는 머뭇거리며 힘들게 대답한다.

"당신을…… 잃을 순 없어요……."

홍성수는 그릇을 마룻바닥에 내려놓고 그녀에게 다가간다. 그녀가 홍성수의 어깨에 머리를 기댄다. 어려운 환경을 꿋꿋하게 버티고 선 권유순이지만 실은 힘들고 지칠 대로 지쳐 있는 것이다. 그녀가 기댈 수 있게 든든한 벽이라도 되고 싶은 심정이다.

"내가 도와줄 일은 없소?"

권유순은 고개를 좌우로 흔들며 홍성수를 올려다본다.

"언제나 이렇게 제 옆에만 있어 줘요. 그게 제가 바라는 일이에요."

"걱정 말아요. 영원히 떠나지 않을 테니까."

권유순과 홍성수의 시선이 마주친다. 이심전심이라는 말이 이런 것일지 모른다. 두 사람은 서로를 향해 미소를 짓는다. 홍성수가 그녀의 손등을 꼭 잡는다. 이 순간만큼은 아무리 힘든 상황이 닥치더라도 헤쳐 나갈 수 있을 것만 같다.

23

제주도에 계엄이 선포되었다고 말하는 경위의 얼굴에 피곤함이 배어 있다. 쓰리쿼터 짐칸에 앉아 있던 김헌일이 졸음에 겨운 눈으로 '제주도에요?' 하고 되묻는다. 새벽부터 출동 명령이 떨어져 이동 중이었다. 어젯밤에도 늦게까지 수색작업이 있었다. 화북을 중심으로 활동하는 무장대 중에는 M1과 수류탄을 가진 이들이 있었다. 5월에 제주 출신 경비대 40여 명이 입산한 사건이 있었는데 그들 중 일부일 거라는 소문이 돌았다. 이틀 전에는 중산간 지방에 소개 나갔던 경비대와 교전을 벌이기도 했다. 경비대원 한 명이 죽고 두 명이 총상을 입었다.

"아, 기러고 보니 김 순경이 제주도 출신이지비."

트럭 위에 앉아 있던 분대원 한 명이 역시 피곤한 목소리로 묻는다. 김헌일은 고개를 끄덕이면서 제주읍에서 가까운 바닷가 마을이라고 말한다.

"가족들으 모두 건강하신가."

"형으 무장대에 당하디 않았어. 겔두 여태 모르구 있었네."

가족의 안부를 묻는 분대원에게 다른 분대원이 핀잔을 준다.

"기래서 경찰이 되었구나…… 이봐 김 순경. 나는 아바지와 삼촌으 잃었지비. 여기 있는 삐뚤이 자식두 형님으 잃구 여기까지 내려오디 않았갔어."

"기렇타고 제주사람한테 분풀이는 하디 마시라요."

김헌일의 옆자리에 앉아 있던 최가 소리친다. 맞은편에 있던 분대원이 최의 머리를 쥐어박으며 '간나, 아딕도 그네들이 얼마나 무서운 늠들인디 모르구 있구나.' 하고 입을 연다.

"빨갱이 물이 들면 호개(호랑이)처름 사납기만 할 뿐야."

"기래두 같은 동족 아닙네까?"

"동족이면 뭐하네. 말이 통해야 말이디. 여기서 '아' 하면 더기선 '어' 하는데 무슨 대화가 되갔어. 서로 헐뜯기만 할 뿐이디."

김헌일의 시선이 메밀꽃이 핀 들판으로 향한다. 11월이 되면 제주사람들은 밭에서 조를 거둬들이고 뒤이어 메밀 수확을 한다. 조막걸리에 쌉싸래한 메밀묵을 안주로 겨울의 지루한 밤을 보내던 추억이 아련하게 떠오른다. 불어오는 바람도 차가워져 야전점퍼의 단추를 목 위까지 잠근다. 그때 앞서가던 쓰리쿼터가 갑자기 멈춰 선다. 곧이어 총성이 들린다. 짐칸에 타고 있던 4분대장의 M1이 메밀밭으로 향한다. 김헌일이 타고 있던 쓰리쿼터가 급하게 브레이크를 밟으면서 분대원들의 몸이 앞으로 쏠린다.

쓰리쿼터에서 뛰어내린 4분대장이 메밀밭을 가리키며 전투 준비를 하라고 소리친다. 모두들 차에서 내려 일렬로 정비한다. M1의 장전 상태를 확인하고 메밀밭 수색에 나선다. 모두들 긴장한 얼굴로 걸음을 옮긴다. 김헌일도 굳은 표정으로 이동한다. 걸음을 내디딜 때마다 메밀꽃의 알진 꽃잎이 뺨을 스쳐 지나간다. 앞선 분대장이 오른손을 들어 주먹을 쥐자 1미터 간격으로 서 있던 김헌일과 분대원들은 걸음을 멈춘다.

그때 또다시 날카로운 총성이 울린다. 뒤이어 '저쪽! 저쪽!' 하는 소리가 들린다. 김헌일은 M1의 방아쇠에 집게손가락을 건 채 소리 나는 쪽으로 시선을 돌린다. 몇몇 대원들이 허겁지겁 뛰어가는 모습이 보인다. 김헌일도 대원들을 따라 뛰기 시작한다. 호흡이 가빠진다. 이마 위로 땀방울이 맺힌다. 이번엔 쓰리쿼터가 정차 중인 일주도로 주변으로 '타당, 타당' 하는 총소리가 연속으로 난다. 메밀밭 너머에서 '휘익'하는 소리와 함께 갑자기 불덩이가 날아와 김헌일 옆에서 터진다. 그 충격으로 한동안 몸을 움직이지 못한다.

"정신 차리시라요!"

다가온 최가 소리친다. 김헌일은 주위를 두리번거리다 말고 최를 바라본다. 그의 검게 그을린 얼굴과 쌍꺼풀진 눈동자, 하얀 이빨이 차례로 시야에 들어온다. 최가 김헌일의 팔을 잡고 일으켜 세운다. 두 사람은 메밀밭을 헤치며 도로가로 뛰어간다.

"어떻게 된 거지?"

"무장대 간나들이 함정으 판 거 같아요."

"분대원들은?"

"뿔뿔이 흩어진 것 같습네다."

겨우 메밀밭을 빠져나온 김헌일과 최는 길가에 세워 둔 쓰리 쿼터를 은폐 삼아 몸을 숨긴다. 가쁜 숨을 내쉬는 김헌일은 그제 야 자신의 왼쪽 어깨에 파편이 박혀 있는 걸 확인한다. 메밀밭 건 너 숲 속에서 노끈에 매단 불깡통을 던지는 사내들이 있다. 최가 그들을 향해 방아쇠를 당긴다. 김헌일도 엎드린 자세로 사격을 한다. 뒤늦게 메밀밭을 헤쳐 나온 분대원들도 앉아 쏴 자세로 총 을 쏜다. 불깡통을 돌리던 남자 한 명이 쓰러진다. 곧이어 깡통이 터지면서 불꽃과 함께 검은 연기가 피어오른다. 무장대들이 쓰러 진 사내의 양 어깻죽지를 잡고 숲 속으로 사라진다.

　　총알이 떨어졌는지 클립이 튕겨져 나간다. 최는 노리쇠를 힘껏 밀어 멈치에 걸고 탄환이 들어 있는 새로운 클립을 꺼내 장전한 다. 그때 3분대장이 소리친다.

　　"사격중지! 사격중지!"

　　김헌일과 최는 소리 나는 쪽으로 시선을 돌린다. 한쪽 무릎 을 꿇고 총을 쏘아대던 3분대장의 모습이 보인다. 그는 총구를 하늘로 하고 일어나 무장대들이 사라진 메밀밭 건너 숲 속을 바라본다. 그때까지 밭을 헤매던 4분대장이 겨우 빠져나오며 소리친다.

　　"추격 안 하고 뭐하네."

　　"다친 대원들부터 챙겨야디. 그래구 더기에도 함정이 있을 줄 누가 알갔어."

　　4분대장은 분한지 고함을 질러 댄다. 1분대 분대원 한 명이 오발 사고로 발등에 총상을 입었고 김헌일처럼 경미한 부상을 입은 부대원도 4명이나 된다.

어승생오름 북단에 쓰리쿼터가 다다랐을 때 동산 부근의 마을에서 길게 나팔소리가 들려온다. 조수석에 타고 있던 4분대장은 운전병에게 차를 멈추게 하고 밖으로 뛰쳐나간다. 그는 메밀밭에서의 교전 이후로 반쯤 정신을 잃은 사람처럼 행동한다. 자신의 성급한 판단 때문에 부상자들이 생긴 때문이다. 그는 자신의 실수를 만회하려는 듯 분대원들에게 착검을 시킨다.

"저 소리 들었디? 소개명령서를 받구도 마을에 남아 있다면 그거이 빨갱이가 아니구 뭐갔어. 거리로 보면 그 강생이들이 우릴 습격했을 거이야. 이번 기회에 아주 쑥대밭으로 만들어 주갔어."

화풀이할 상대를 찾고 있던 4분대장은 눈에 핏발을 세우며 소리친다.

꼴 낟가리 묶음에 휘발유를 묻혀 집집마다 불을 지른다. 보름 가까이 비가 오지 않은 건조한 날이 이어진 탓에 초가의 지붕은 쉽게 불이 붙는다. 돌담을 사이에 두고 불을 지르며 다닌 가구 수만 열다섯 채가 넘는다. 마을에 숨어 있던 사람들이 불길을 피해 도망 다니다 대원들이 쏘는 총에 맞아 쓰러진다. 김헌일은 아비규환처럼 변한 마을의 골목길을 걸어 다니며 고개를 흔든다.

이런 짓을 하려고 경찰관이 된 건 아니다. 토벌대에 참가한 뒤로 단 한 번도 교전다운 교전을 해보지 못했다. 그저 마을을 불사르고 주민들을 죽이는 일 외에는.

"그뿐이지 않은가."

김헌일은 혼잣말처럼 내뱉는다. 이곳 어디에도 총을 든 무장대의 모습은 보이지 않는다. 고팡에 숨어 있던 늙은 할아버지와 다섯 살 난 손자가 살해당한다. 돌담을 뛰어넘어 산으로 도망치던 서른 중반의 사내도 곧 사살된다. 어떤 대원은 집을 불태우기 전에 방 안에 들어가 귀중품이 없는지 뒤지기 시작한다. 김헌일은 M1의 총구를 하늘로 향한 채 외친다.

"그만. 그만해!"

김헌일은 미친 듯이 뛰어다니며 대원들이 총을 쏘거나 불을 지르지 못하게 막아선다. 그때 누군가가 다가와 개머리판으로 김헌일의 머리를 사정없이 가격한다. 그는 힘없이 바닥에 쓰러지면서 정신을 잃는다.

김헌일이 눈을 떴을 때 마을은 이미 불길에 휩싸인 뒤다. 트럭에 실려 있는지 희뿌연 연기가 피어오르던 마을이 점점 더 시야에서 멀어진다. 눈이라도 내릴 듯 어둑한 하늘을 올려다보며 길게 한숨을 내쉰다. 조금 전의 격정과는 달리 마음은 오히려 평온함을 되찾았다. 제주의 하늘을 이렇듯 오랫동안 올려다보는 것이 몇 년 만인지 기억나지 않는다. 그의 머리맡에서 걱정스럽게 내려다보던 최가 조용한 목소리로 '괜찮습네까?' 하고 묻는다.

"어떻게 된 거지?"

"김 형으 마구 휘젓고 다니니까니 분대장님이⋯⋯."

최는 뒷말을 잇지 못한다. 대신 김헌일의 머리에 난 상처를 살핀다. 짙은 먹구름 사이로 진눈깨비가 흩날리기 시작한다. 최는 상체를 일으키는 김헌일에게 다시 말을 건넨다.

"그 마음 이해합네다. 하디만 대장님이 말하디 않았습네까. 무장대르 뿌리 뽑으려면 이런 방법밖에는 없다구⋯⋯."

김헌일은 최의 말을 들으며 쓸쓸하게 웃는다. 하지만 그의 눈에는 옅은 눈물 방울이 흘러내린다. 쓰리쿼터의 둔탁한 엔진 소음과 대원들의 침묵만이 바람 소리와 함께 전해질 뿐이다.

24

권유순은 결국 시아버지에게 홍성수에 대한 이야기를 꺼내지 못했다. 기력을 회복하지 못한 시아버지가 끝내 숨을 거둔 것이다. 고씨 어멍을 돌보다 밤늦게 집으로 돌아왔을 때 시어머니가

"⋯⋯낙낙장송 느러진가지에, 홀로안잔 우여는새는, 내골보면 시시로운다. 님의죽은 넉시나한다⋯⋯."

라는 노래를 혼잣말처럼 읊조리고 있었다. 시아버지는 잠을 자듯 평온한 얼굴로 누워 있었고 그 옆에는 저녁상으로 내온 대합

죽이 덩그러니 놓여 있다. 시어머니가 방문 앞에 서 있는 권유순을 올려다보며 고개를 끄덕인다.

"양지(얼굴)가 말깡하니 호상(好喪)이주."

하고는 애써 웃는 낯을 한다. 권유순이 시어머니를 끌어안으며 흐느끼자 그녀의 어깨를 다독이며 말한다.

"집에 상제가 없으멍……. 그때 본 소나이 좀 불러 줍서."

권유순이 말길을 알아듣지 못하자 '명호 죽었덴 소식 전하러 온 서울 삼춘 말이주.' 하고 덧붙인다. 그녀는 마치 짐을 벗어 버린 듯 홀가분한 얼굴로 며느리를 바라본다.

"그동안 네가 애썼주. 남펜도 그리 생각할 거우다."

"시어멍!"

권유순이 더 큰 소리로 울음을 터뜨린다. 그녀의 얼굴과 머리를 쓰다듬는 시어머니의 눈에서도 눈물이 흐른다. 그녀들의 심정을 대변이라도 하듯 진눈깨비가 흩날리기 시작한다. 시어머니가 방문을 활짝 열어젖히면서 혼잣말처럼 내뱉는다.

"혼이라도 날아가 아덜 소식 좀 전해 줍서."

삶과 죽음이 공존하는 것이 세상의 이치인지도 모른다. 권유순의 시아버지가 숨을 거두던 순간에 두 집 건너에 사는 박의 아내는 건강한 사내아이를 낳았다. 하지만 박은 그런 기쁨을 누릴 형편이 되지 못한다. 김명호를 잃고 시름에 빠진 고씨 어멍이 있는데다 권유순의 시아버지까지 갑자기 숨을 거두었기 때문이다.

걸음마를 떼면서부터 마을친구로 지내던 김 노인은 아픈 몸을 이끌고 나와 직접 친구의 염습을 맡는다. 오랫동안 풍을 앓아온 탓에 미라처럼 뼈만 남은 몸을 깨끗이 닦고 도포를 본뜬 호상 옷을 입히는 모습에는 슬픔보다 애처로움이 묻어 있다. 이승에서의 못다 한 작별 인사를 하듯 김 노인의 얼굴에는 담담함마저 깃들여 있는 것이다.

"고생 많았주. 어여 좋은 곳에 갑수다게."

며칠 전 이름 없는 청년의 시신을 묻을 때에도 그렇고, 나이가 들수록 죽음이란 것과 친근해지는 모양이다. 홍성수는 상복을 입고 있는 권유순의 창백한 얼굴을 흘겨본다. 남은 가족이라면 권유순과 퇴행성관절염을 앓고 있는 시어머니뿐이다. 제주에서는 드물게 일가친척이 없는 집안인 것이다. 권유순은 시어머니의 팔짱을 낀 채 넋이 나간 듯 멍한 표정으로 시아버지의 마지막 가는 모습을 바라본다.

"설멩지 풀솜 좀 건네줍서게."

김 노인이 홍성수에게 부탁한다. 홍성수는 고개를 끄덕이며 명주솜을 집어 김 노인에게 건넨다. 그는 명주솜을 알맞은 크기로 떼어 내 저승길을 건너간 친구의 코와 입을, 귓구멍을 차례로 막는다. 대렴포와 소렴포로 시신을 싸고 삼베로 만든 메치베를 가지고 열두 마디로 나누어 묶는다. 마지막으로 관을 덮을 때에는 권유순과 그녀의 시어머니가 달려들어 또다시 주변은 한바탕 울음바다를 이룬다. 김 노인은 묵묵히 그 모습을 보면서 담배를 꺼내 든다.

홍성수에게 상제를 맡아 곡을 해 달라고 간곡히 부탁한 사람은 다름 아닌 권유순의 시어머니다. 그녀가 무슨 생각으로 그런 부탁을 했는지 홍성수는 알 길이 없었다. 문상을 온 마을 사람들도 저마다 의아한 표정을 지었다. 몇몇 아낙은 '할망이 유순을 똘처럼 생각했주. 게메 데릴사윌 골린갑서.' 하며 농을 건네기도 했다. 하지만 그 심정을 모르는 사람은 없었다. 방 한쪽에 앉아 있는 권유순과 그녀의 시어머니는 아낙들의 말처럼 정말 모녀지간 같았다.

세상이 어수선하다 보니 문상객으로 오는 사람들은 대게 김 노인 또래의 늙은이들뿐이다. 거기다 눈발까지 날리고 있어 집안 풍경은 쓸쓸하다. 그나마 성란이 권유순을 대신해 문상객들의 수발을 도맡아 하면서 뛰어다닌다.

해가 떨어지기도 전에 문상객의 발길이 끊긴다. 야간 통금시간 때문이다. 마당에 모여 술잔을 기울이던 곤지동 사람들도 하나둘 자리를 떠난다. 출상을 하루 앞두고 상여를 짊어질 사내가 부족하다며 점심을 먹는 둥 마는 둥 사람을 모으러 나갔던 김 노인도 감감무소식이다. 성치 않은 몸으로 밤을 새우다시피 한 권유순의 시어머니는 그제야 건넌방으로 들어가 눈을 붙인다. 권유순의 얼굴에도 피곤함이 배어 있다. 그녀는 마지막 문상객들이 남기고 간 상을 들고 부엌으로 들어간다. 상복을 입고 곡을 하던 홍성수도 한숨을 돌리며 자리에 앉는다. 출상일인 내일까지 짓궂은 날이 이어질까 걱정이 앞선다.

권유순이 부침개와 막걸리를 챙겨 안방으로 들어온다. 홍성수는 그녀가 건네는 술잔을 받아 마시고 부침개를 입으로 가져간다. 집으로 돌아가던 성란이 이문간 앞을 나서다 말고 '보기 좋수다.' 하고 짓궂게 히죽거린다.

"박이 건강한 사내아이를 낳았다는데……. 축하한다는 소리도 못했어."

권유순은 말없이 고개를 끄덕이며 눈발이 흩날리는 마당으로 시선을 돌린다. 홍성수는 권유순의 옆모습을 바라보며 그녀를 닮은 딸아이가 있었으면 하고 생각한다.

"우리 집안은 대대로 여자가 귀하다오. 그래서 아버진 손녀가 보고 싶다는 말을 달고 다녀요."

권유순의 얼굴이 발갛게 물든다.

"당신을 닮은 아이라면……. 아버지도 매우 기뻐할 거요."

대꾸하는 대신 권유순은 빈 술잔에 술을 따른다. 상갓집이라는 생각이 들지 않을 만큼 고요하고 적막한 밤이다. 두 잔째 막걸리를 비운 홍성수가 벽에 기대어 앉아 시아버지의 영정사진을 멍하니 바라본다.

"그 친구도 아버질 닮았을까?"

"네?"

권유순이 되묻다 말고 홍성수의 시선을 따라간다. 그녀는 시아버지의 영정사진을 바라보면서 입을 연다.

"사실은……. 기억나지 않아요. 얼굴이……."

"기억나지도 않는 사람을 기다리는 건 무슨 마음일까?"

"가족이니까."

"가족?"

그녀는 고개를 끄덕이며 홍성수에게 한 발짝 다가가 앉는다.

"돌아가신 시아버지도 건넌방에 있는 시어머니도 제 가족이니까요."

"정이 사랑보다 깊고 소중하단 말인가……."

홍성수는 혼잣말처럼 내뱉고는 술잔을 다시 입으로 가져간다. 그리고 권유순을 내려다보며 말없이 웃는다. 권유순은 그의 어깨에 머리를 기대고 눈을 감는다.

새벽이 되면서 눈발이 굵어지기 시작한다. 파도 소리도 들리지 않는다. 다섯 잔째 막걸리를 비운 홍성수는 새근거리며 잠에 빠진 권유순에게 이불을 덮어 준다. 피곤했던지 코까지 고는 그녀의 머릿결을 만지작거리며 애잔한 감정에 취한다.

'그녀의 무엇이 이토록 나의 마음을 끄는 것일까?'

그때 건넌방 문이 열리면서 권유순의 시어머니가 모습을 나타낸다. 그녀는 힘들게 몸을 일으켜 마루로 나온다. 홍성수가 다가가 그녀를 부축한다. 고맙다는 듯 미소를 짓던 그녀가 잠든 권유순을 보며 말한다.

"착한 메누리주."

홍성수가 말없이 고개를 끄덕인다.

"사름이 아무도 없으멍 남펜이 쓸쓸해 할 거주."

하고는 안방으로 걸어가 향을 피우고 자리에 앉는다. 홍성수가 뒤따라 들어간다. 남편의 영정사진을 물끄러미 바라보던 시어머니가 홍성수의 손등을 살며시 잡는다.

"남펜도 늘 말해수꽈. 메누리 볼 낯이 없다멘서…… 고생멍 시키구."

"그녀는 그렇게 생각하지 않습니다."

"고씨 어멍이 말했주. 서로 소랑(사랑)하는 사이시까. 연(緣)을 소중히 허멍 마씸."

"네?"

홍성수가 되묻자 그녀는 그의 손을 꼭 쥐며 덧붙인다.

"잘 부탁하우다. 아덜 몫까지……."

그녀의 눈빛이 권유순을 행복하게 해 달라고 말하고 있다. 얼마나 듣고 싶었던 소리였던가. 홍성수는 무릎을 꿇고 앉아 머리가 바닥에 닿을 만큼 허리를 숙인다.

"고맙습니다. 정말 감사합니다!"

25

인선은 남편의 속옷을 챙겨 들고 제주경찰서를 방문했지만 출동을 나갔다는 소리만 듣는다. 경관에게 속옷 가방만 맡긴 채 걸음을 돌리는 인선의 마음이 무겁다. 그나마 위안이 되었던 성진과도 이별을 해야 할 날이 다가오고 있었다.

도로와 접한 인도에는 구걸하는 노인과 아이들이 많다. 소개령으로 중산간 마을 대부분이 불에 타면서 제주읍으로 들어온 사람들이 힘겨운 삶을 이어가고 있었다. 인선의 입에서 절로 탄성이 터져 나온다. 왜군이 지나간 자리에는 우리 스스로 만든 불행한 세상이 존재하고 있는 것이다. 무엇을 위해 수많은 경찰과 군인들이 이곳으로 건너왔는지, 또 무엇을 위해 서로 반목하고 싸우고 있는지 인선은 그저 답답할 뿐이다.

집 앞에 다다랐을 때 걸음을 멈추고 하늘을 올려다본다. 하얀 새털 같은 눈송이가 떨어지고 있다. 올해 들어 처음 내리는 눈이다. 인선은 등에 업힌 성진에게 하얀 눈송이를 보여 준다.

"이봅서. 눈은 처음이시카. 하얀 눈이 내리멍 옥황의 아덜 문도령도 겨울 준비를 하주."

그녀의 말을 알아듣기라도 하듯 성진의 커다란 눈이 하늘로 향한다.

의무실에서 치료를 받고 나오는데 복도 창문으로 함박눈이 내리기 시작한다. 김헌일은 잠시 걸음을 멈춰 서서 창밖을 바라본다.

"제주에도 눈으 옵네까?"

뒤따르던 최가 장난스럽게 묻는다. 김헌일은 점퍼의 단추를 채우면서 대꾸한다.

"지겹게 보게 될 거야."

"기런 걱정으 하디 마시라요. 눈이라면 제가 더 일가견이 있으니까니."

부대원들은 제주경찰서 맞은편에 있는 관사에서 생활하고 있었다. 제주차부와 나란히 붙어 있는 관사 앞에는 관덕정과 제주도청이, 그 뒤편으로는 도립병원 건물이 보인다. 관사에 들어서자마자 동료경관이 부인이 다녀갔다며 가방을 내민다. 가방 안에는 손으로 빤 새하얀 속옷이 가지런히 놓여 있다. 김헌일의 가슴 한쪽이 애틋해진다. 그때 비서부장이 부른다며 젊은 경찰이 다가와 말한다.

비서부장은 2층에 있는 텅 빈 내무반에서 그를 기다리고 있었다. 경례를 붙이는 김헌일에게 비서부장은 손을 가로저으며 그 특유의 카랑카랑한 목소리로 말한다.

"부대장에게 직덥 자넬 부탁한다구 말하디 안았카서. 하디만 몇 번 출동으 나간 후론 자네에 대한 아조 좋디 않은 소리들이 나오고 있어…… 얼케 생각함메?"

김헌일은 비서부장의 말에 아무 답변도 하지 않는다. 다만 그가 자신의 행동을 주시하고 있다는 사실이 꺼림칙할 뿐이다. 그는 창밖으로 시선을 돌리며 길게 한숨을 내쉰다.

"자네 심정으 이해하구 있디. 기래구 여기가 자네 고향 아니갔어."

"무장을 하지 않은 사람들까지……."

김헌일이 힘들게 입을 여는데 비서부장이 말을 가로막는다.

"그 사람들으 조력자라고 하디 않카서. 그네들이 식량두 올려 보내구 여기 덩보도 올려 보내구 하면서 토벌이 어려워지는 거디."

"비서부장도 그들 모두를 죽여야 한다고 생각하는 겁니까?"

"초록으 동색 아니갔어. 자네 같은 사람두 있디만 말이야."

비서부장은 김헌일의 코앞까지 다가와 덧붙인다.

"이북에서두 기래. 사회주의를 외치는 정치가들은 뭐 다른 게 있는 둘 아시오? 여기서 생각하는 기런 새로운 세상으 어디에도 존재하디 않아. 무슨 주의니 하는 거. 기래구 무슨 민중이니 민족이니 하는 거…… 기런 소리르 믿디 마라우. 특히 좌든 우든 위정자드르 입에서 나오는 소리는 말이오."

"왜 그렇습니까?"

"생각이 다르다구 서로 둑고 둑이는 게 아니지비. 이런 식으루 경쟁자드르 하나씩 제거해 가는 거디. 최후에 살아남는 자가 승리자가 되구 거기에 줄을 섰던 사람드르 부귀영화르 누리는 거디. 그게 정치구 이념이라는 거디."

"그럼 저희 같은 사람들은요?"

"서로으 편에서 싸우든가 아니면 희생자가 되어야겠디."

비서부장의 능글거리는 미소 뒤에는 참혹한 약육강식의 습성이 도사리고 있다. 비서부장에게는 분란이 이는 제주가 신분을 상승시킬 수 있는 좋은 무대가 될지 모른다. 김헌일은 그런 현실에 또 한 번 절망감을 느낀다.—초록은 동색이라는 말은 비서부장에게 어울리는 말이다—그들에겐 도덕심이나 윤리는 중요하지 않을 테니까.

"곧 대대적인 토벌 작전이 벌어질 거요. 그때 자네의 진심으 밝혀 두기 바라겠소."

그리고 내무반을 나서다 말고 덧붙인다.

"지휘고하를 막론하고 인민위원회에 가입했던 녀석들으 무조건 잡아들이고 있다. 무슨 뜻인지 알겠지비?"

김헌일은 그의 날카로운 시선에 숨이 막힌다. 아직 숙군작업은 끝나지 않았다. 앞으로의 처신이 자신과 가족의 안전을 위해 얼마나 중요한지 생각하기 바란다. 협박을 하듯 말하는 비서부장이다. 김헌일은 그의 말을 듣는 내내 종일 형을 떠올렸다. 납치당한지 몇 달이 흘렀지만 아직 생사조차 알 수 없었다. 종일 형회사를 비서부장이 가로챘다는 소문을 들은 것도 얼마 전 일이다. 고영두를 고문으로 죽인 이유도 사업과 관련이 있는 건 아닐까? 김헌일은 용기를 내 종일 형에 대해 묻는다.

"아직 형의 소식은 없나요?"

뒤돌아선 비서부장이 한동안 김헌일을 바라본다. 그의 입꼬리가 살짝 올라가는 게 웃고 있는지 인상을 쓰는지 분간이 가지 않는다.

"애석하게두 아딕 아무런 소식으 듣지 못했소. 하디만 희망은 잃디 말구 기달려 보기오."

"형님이 아직 살아 있다고 생각합니까?"

"기럼! 살아 있고 말구!"

비서부장의 입술 사이로 누런 이빨이 드러난다. 하지만 김헌
일의 의혹은 깊어 간다. 그런 생각이라면 결코 형의 회사를 탐내
진 않았을 테니까.

26

고씨 어멍이 자리를 털고 일어난 것은 권유순의 시아버지를
매장하고 내려온 지 이틀이 지난 뒤였다. 권유순은 여느 때처럼
시어머니의 이른 점심상을 방 안으로 넣어 놓고 고씨 어멍네로
향했다. 집에서 만든 은절미를 들고 마당에 들어섰을 때 누워 있
어야 할 고씨 어멍이 몸빼바지에 수건을 머리에 두른 채 마루를
닦고 있었다. 권유순이 놀라 '고씨 어멍!' 하고 외치자 그녀는 애
써 웃는 얼굴로 그녀를 바라본다. 얼마 전부터 그녀는 말을 하지
않았다. 실어증 증세가 생긴 건 김명호를 잃은 충격 때문일 것이
다. 슬픔의 두께가 겹겹이 쌓여 그녀의 목울대를 막아버렸는지
도 모를 일이다. 정신상태도 아직 불안정해 보였다. 그녀는 주정
공장에서 만났던 조천중학원 선생의 이야기를 한 마디도 빼놓지
않고 기억하고 있었다. 하지만 선원에게 들은 이야기는 기억하지

못했다. 지게에 시신을 지고 온 일도 마찬가지였다. 여전히 김명호가 살아 있을 거라고 믿는 눈치다. 고씨 어멍은 아들 김명호가 주정공장에서 풀려난 뒤 아직 집으로 돌아오지 않고 있다는 사실에만 집착하고 있었다.

해가 수평선 너머로 사라지면서 안곤지동에 밤이 찾아온다. 홍성수는 방 안에 앉아 여행 가방을 꾸린다. 물과 섞어 잉크처럼 사용하는 흑군청색 분채와 유리병, 펜 두 자루, 칸트의 저서와 뒤마의 몽테크리스토 백작을 번안한 진주탑, 면도칼, 속옷 몇 벌이 그가 곤지동에 들어올 때 가져온 물건의 전부였다. 그러나 이곳에 머무는 동안 불어난 옷가지와 원고, 책들을 모두 가방 안에 담을 수가 없다. 홍성수는 잠시 고민을 하다가 책과 겉옷 몇 가지를 빼낸다. 책은 성란에게 선물로 주고 겉옷은 박에게 줄 생각을 한다.

권유순의 시아버지 장례를 치른 뒤부터 모든 일은 일사천리로 진행되었다. 제주가 불안해질수록 홍성수와 권유순 두 사람이 본토로 건너갈 계획은 빨라졌다. 제주사태가 일어나면서 목포행 여객선의 운항이 비정기적으로 바뀌었다. 홍성수는 사찰주임을 통해 겨우 승선권을 구할 수 있었다.

여행용 가방을 방구석에 세워 놓고 팔베개를 하고 눕는다. 마음은 벌써 여객선 갑판 위에 올라가 있는 듯 설렌다. 가족들의 반응은 어떨까. 숫기 없는 동생이 권유순을 어떻게 맞아 줄지 생각만 해도 입가에 주름이 생긴다. 그때 마당에서 인기척이 들린다. 홍성수는 자리에서 벌떡 일어나 방문을 연다. 그러나 마당에 선 사람은 권유순이 아니라 박이다.

"그렇잖아도 자넬 한 번 보려고 했어. 괜찮다면 옷을 몇 벌 줄까 싶은데⋯⋯."

마루에 걸터앉는 박의 얼굴은 평소와 달리 창백하다. 홍성수는 그의 낯빛을 살피며

"무슨 일인가? 혹시 아이가 아프기라도 하는가?"
하고 묻는다.

"기호가 돌아왔주."

박이 목소리를 낮춰 말한다.

"최기호?"

말없이 고개를 끄덕인다. 홍성수는 주변을 둘러보며 박에게 다시 묻는다.

"지금 어디에 있나?"

"저희 집 작은 구들에 있수다양."

"아는 사람은?"

"아내랑 성님뿐이우다."

홍성수는 그 길로 박과 함께 그의 집으로 향한다. 자칫하다간 최기호 한 명 때문에 마을 전체가 위험해질 수도 있었다. 들리는 소문으로는 중산간 지방은 모두 소개령이 내려졌고 수천 명의 군인과 경찰들이 하루도 빠지지 않고 토벌을 나간다고 했다. 제

주 앞바다나 일본군이 만들어 놓은 벙커, 밭이나 숲에서 이름 모를 시체를 흔하게 발견할 수 있다고 했다. 하루아침에 마을이 불타 없어지기도 하는 무서운 세상인 것이다.

"다친 곳은 없던가?"

밤길을 나란히 걸으며 홍성수가 말을 건넨다. 박은 무슨 생각에 빠진 듯 멍하니 있다가 '갈비때(뼈)가 몇 개 나갔다멍 아파함수꽈.' 하고 답한다.

마루에는 박의 아내가 걱정스러운 듯 서성이고 있다. 홍성수와 박이 마당으로 들어서자 그녀는 맨발로 뛰쳐나와 박의 손을 잡는다. 남편을 바라보는 그녀의 눈에는 원망의 빛이 가득하다. 홍성수가 작은방 쪽으로 시선을 돌리며 그녀를 안심시킨다.

"제수씨는 걱정 마세요. 그를 헌일이 집으로 데려가겠습니다. 마침 그곳이 비어 있으니……."

홍성수의 말에 그녀는 허리를 숙이며 고마워한다.

작은방에 들어서자마자 비릿한 피 냄새와 함께 고린내가 진동한다. 최기호는 따뜻한 아랫목에 반듯하게 누워 깊은 잠에 빠져 있다. 마을에서 입고 다니던 군청색 바지와 셔츠 위에 어디서 구했는지 일본군들이 입던 두꺼운 겨울코트를 걸치고 있다. 머리는 산발해 목 뒤를 덮었고 코 밑과 턱에는 수염이 덥수룩하게 자라 있다. 살도 많이 빠져서 광대뼈가 유난히 불거져 보인다. 그을린 피부에 몇 날 며칠을 씻지 못했는지 악취까지 풍긴다.

홍성수는 방바닥에 조용히 앉아 최기호의 초췌한 얼굴을 바라본다. 뒤축이 달은 일본군화를 그대로 신고 있는 모양새며 99식 소총을 꼭 부둥켜안은 게 영락없는 무장대다. 인기척에 놀란 최가 소총부터 겨눈다. 겁먹은 토끼처럼 충혈된 눈으로 바라보는 최기호에게 홍성수가 나직이 말한다.

　　"날세. 서울서 내려온⋯⋯."

　　"아. 성수 성이오."

　　최기호가 안도의 한숨을 내쉰다.

　　"박이 집으로 찾아왔었네. 자네가 내려왔다구."

　　"고향에서 죽으멍 하우다."

　　코트 앞을 펼쳐 오른쪽 옆구리를 보여 준다. 이미 구더기가 생길 만큼 상처가 깊다.

　　"어떻게 된 건가?"

　　"부대로 돌아가는 길에 토벌대의 기습을 받았주. 소대원들 중 절반이 총 맞아 죽어 불고 나머진 뿔뿔이 흩어졌는데, 저 혼저 별도봉 근처까지 도망쳐 왔수다. 이 배때기도 누렁개 몇이랑 정신없이 치고받고 싸우다가 생긴 영광의 상처주⋯⋯."

　　킥킥거리던 최가 인상을 쓰며 다시 방바닥에 드러눕는다. 이마에 손을 가져가니 불덩어리처럼 뜨겁다. 코트 안의 셔츠도 땀으로 축축하게 젖어 있다.

　　"의사를 불러야겠어."

　　"그랬다간 마을이 쑥대밭이 될 거우다⋯⋯. 어멍 옆에 죽을 자리만 봐줍서. 제 몸은 제가 잘 알쿠다."

그리고 홍성수의 손을 잡으며 말을 잇는다.

"어멍이 저 때문에 군인들에게 맞아 죽었단 소릴 들었주. 문식이도 그 바람에 육지형무소로 끌려갔다고…… 단지 고문 받는 게 두려워 도망쳤을 뿐이우다."

"누구도 자넬 원망하지 않아."

"만식이 성도 말했주. 위에서 명령이 내려왔지만 종일 성을 살려서 내려보냈다구……."

"방만식도 산으로 올라갔다는 말인가?"

최가 고개를 끄덕인다.

"하지만 종일인 아직까지 소식이 없네."

"그럴 리 없젠……."

"성내에 들어가면 그 소식부터 헌일에게 알려야겠어. 종일이 살아있다면 제수씨도 제주를 떠날 필요가 없을 테니……."

"만식 성도 마을 소식을 듣고 안타까워햄써……. 모두들 검정 개들이 싫었을 뿐이우다."

"두리멍청한 늠. 게매 여긴 왜 돌아왔시냐!"

문 안으로 들어선 박이 소리친다. 그는 아내가 끓여 온 미역국 사발을 들고 그에게 다가가면서 말을 잇는다.

"죽으러 왔으멍 곱게 죽어멍 허주. 버버작작 하곡말곡(쓸데없는 말 늘어놓지 말고)."

하면서 최에게 미역국을 숟가락으로 떠먹인다. 며칠을 굶었는지 최기호는 숟가락을 밀쳐내고 사발째 입으로 가져가 후후거리며 마신다. 그 모습을 바라보는 박도 홍성수도 침묵을 지킨다.

27

석호가 결사대를 이끌고 붉은오름으로 찾아온 건 백록담 주변이 눈으로 뒤덮인 12월 초순이다. 육지서 새로 증원된 경비대와 경찰의 수가 이번 달에만 1000명이 넘는다는 정보가 들어온지 일주일만이다. 그들은 계엄령하에 대대적인 토벌작전을 준비하고 있었다. 신작로 가까이에 야전사령부를 두고 올해가 지나기 전에 제주남로당의 잔존세력을 모조리 뿌리 뽑는다는 계획이었다. 그전에 무장대가 먼저 경비대를 선제 기습하는 작전을 세웠지만 실은 동절기를 넘기기 위한 어쩔 수 없는 선택이었다. 그들이 가진 군수품과 식량이 필요했던 것이다. 석호는 방만식 소대원들 중에서도 지원자를 뽑는다. 김이 제일 먼저 손을 들고 나섰지만, 어린 나이를 이유로 방만식이 중간에 막아선다. 김이 반발을 해도 소용없다. 그 모습을 바라보던 석호가 김에게 엄하게 말한다.

"명령에 복종하는 게 군인의 참모습이다. 김은 후방에 남아 도당사령부를 지키도록……. 알겠나?"

마지못해 고개를 끄덕이는 김에게 석호는 덕담을 몇 마디 더 건넨 뒤 방만식을 바라본다.

"그럼, 지원자는 방만식 소대장 외 다섯 명이 전부요?"

"얼마 전 토벌대의 기습을 받으멍 소대원의 반을 잃었주. 아직도 부상당헌 대원들이 많쿠다."

"좋소. 1시간 뒤 이동할 거요. 떠날 준비를 하시오."

목소리는 여전히 호탕했지만 석호의 얼굴엔 근심이 가득하다. 지쿠호 탄광에서처럼 나약해 보이기까지 한다. 방만식은 뒤돌아서는 석호에게 되묻는다.

"정치지도원 동무는 정말 괜찮함서?"

잠시 그를 바라보던 석호가 미소를 지으며 대답한다.

"걱정 마시오."

"우리 소대엔 탄환이 부족하우다."

"돌격전에는 많은 탄환이 필요하지 않소. 그리고 기습을 감행하다 떨어지면 적들의 총을 빼앗아 사용하면 될 것이오."

"저에겐 사령부도 탄환이 부족하단 소리로 들리우다."

석호가 이번엔 만식의 어깨를 두들기며 웃는다.

"우린 언제나 최악의 상황에서 생활하지 않았나……. 그때를 생각하며 방 동무는 끝까지 살아남으시오. 알겠소?"

5명의 소대원들과 함께 결사대에 섞여 이동 준비를 할 때 김이 다가와 여러 번 같이 가기를 부탁한다. 그러나 방만식은 머리를 좌우로 흔들며 거절한다.

"김 동무가 죽으멍 대가 끊기주. 하늘에 계신 아방과 가족들두 그걸 원하지 않을 거우다."

"그게 아니라 혼자 남는 게 두려워서 그래요. 모두들 이렇게 사라져 가잖아요."

"난 지옥 같은 탄광에서도 살아남았주. 걱정맙써."

"정말이죠. 방 두령님."

방만식은 김을 내려다보며 고개를 끄덕인다.

"분명 돌아올 거우다."

김의 두 눈이 어느새 붉게 물든다.

이번 기습작전의 승패에 따라 무장대의 앞날이 달라질 거란 소문이 돌았다. 특이한 것은 톱부대 뒤에 후방부대도 함께 움직인다는 사실이었다. 150명의 결사대가 경비초소를 부수고 군수창고로 진격해 방어선을 구축하면, 후방부대를 투입해 군수품과 식료품을 들고 철수하는 작전이었다. 기습 시간은 새벽 2시, 응원군들이 오기 전까지 작전을 끝내야만 성공 가능성이 있었다. 결사대는 최후의 한 사람까지 남아 적들을 막아야 한다고 석호는 말했다. 그 때문인지 결사대에 지원한 무장대원들의 눈빛이 여느 때보다 빛난다. 보급부에서 가져온 소 두 마리로 소고기 무국을 끓여 마지막 만찬을 즐길 때도 모두들 긴장한 모습이었다. 실탄 16발과 분대 단위로 수류탄 2개가 지급되었다. 그에 앞서 특경대 소속 대원들이 신작로의 여러 곳에 구덩이를 파거나 돌을 쌓아 응원군들이 쉽게 이동하지 못하도록 손을 썼다. 전화선은 기습작전이 시작되자마자 끊어 버릴 기세였다. 작전에 들어가기에 앞서 마지막으로 제주도 빨치산의 노래를 다 같이 합창한다. 결사대 150명과 무장대 50명, 후방부대원 100명이 투입된 대규모 군사작전이 곧 시작될 참이었다.

28

아침 점호를 받은 지 30분도 지나지 않아 출동 명령이 떨어진다. 무장대의 기습이 있을 거라는 급보가 날아온 탓이다. 제주남로당 당원 중에 제보자가 있다는 소문이 돌았다. 야전사령부를 기습하기 위해 무장대의 주력이 모여 있을 것이고, 덕분에 빨갱이 모두를 소탕할 수 있는 기회가 왔다고 새로 부임한 경찰감찰청장은 생각했다. 거기다 이틀 전 생포한 무장대 소년이 제주도당 사령부의 위치를 알고 있었다.

무장대 아지트에서 5킬로미터 떨어진 중산간 지역에 열두 대의 쓰리쿼터가 멈춰 선다. 갤리버 자동소총을 정착한 두 대의 지프도 마찬가지다. 이번 작전에는 200인 부대 외에도 경찰청장이 직접 끌고 나온 300여 명의 전투경찰이 동행한다. 그들은 그곳에서 지도를 펼쳐 놓고 작전을 짠다.

"기럼 여기부턴 걸어가는 것이 낫디 않아요. 군데군데 보초드르 서 있다믄 먼지 바람만 일어도 캠프로 연락이 갈 거인데."

"좋아. 너네가 먼저 앞장서라. 1시간이믄 캠프까지 갈 수 있갔디? 그때 나머던 우회해 반대편을 치는 거야. 간나드르 아딕 우리가 뽕오라지(산봉우리) 아래에 있다고 생각으 할 때 기습하는 거디."

감찰청장의 구체적인 작전지시가 떨어지자 대기 중이던 200인 부대는 소년을 앞세워 산을 오르기 시작한다. 방만식에게 이덕구 사령관의 명령문을 읽던 소년이다. 연통을 전달하다 잡혀 이틀 동안을 얻어맞은 뒤 전향을 했다.

한라산 정상은 얼마 전 내린 눈으로 덮여 있다. 불어오는 바람이 살을 에듯 차고 매섭다. 정상 아래의 팥배나무나 구상나무에는 서리꽃이 피었을 것이다. 졸참나무 숲을 지나자 갈색 톤의 들판과 함께 성널오름이 나타난다. 암벽이 성벽처럼 늘어선 풍경이 누렇게 변한 억새와 함께 삭막한 느낌을 준다. 앞장서 걷던 소년이 멈춰 선다. 부대장이 다가가자 소년은 물참나무 숲 부근을 가리키면서 저곳에 캠프로 가는 초소가 있다고 말한다.

날랜 부대원 다섯 명이 뒤를 돌아 물참나무 숲으로 들어간다. 조금 뒤에 경관 한 명이 숲 가장자리로 나와 손짓을 한다. 본대가 다시 움직이기 시작한다. 비탈길을 걸어 숲 안으로 들어서자 두 명의 무장대가 쓰러져 있다. 한 사람은 목에 다른 한 사람은 가슴 부위에 칼을 맞은 모양새다. 엎어진 사내 중 한 명을 내려다보던 소년이 울음을 터뜨리며 자리에 멈춰 선다. 얼마 전 육포를 나눠 주었던 김이다. 부대장이 권총으로 소년을 윽박질러도 소용없다. 그때 정찰 나갔던 경관이 다가와 캠프를 발견했다고 말한다.

"어디네?"

"숲이 끝나는 곳에 분지가 있습네다. 거기에 둥근 바위가 보이는데 그 밑에 토벽으 쌓아 만든 집이 있습네다."

"보초탑은?"

"캠프 입구에 한 개, 기래구 바위 위에도 감시용 초소가 있습네다."

"좋아. 60미리 박격포 먼저 둔비하라. 소총수도 앞에 두고 감시탑부터 공략하디."

부대장의 말 한마디에 부대원들의 행동은 일사분란하게 움직인다. 김헌일이 속한 200인 부대는 돌격조에 속한다. 모두 착검을 하고 클립을 장전한 채 작전 지시를 기다린다. 최는 긴장이 되는지 가쁜 숨을 내쉰다.

박격포 포탄이 날아가 떨어진다. 모래주머니를 쌓아 만든 보초탑이 산산조각 난다. 바위 위에 있던 감시초소에서 드르륵거리며 기관총을 쏘아 댄다. 물참나무에 몸을 기대고 있던 분대원들이 고개를 낮추며 분지를 내려다본다.

"간나들! 기관총두 가디고 있잖니."

4분대장이 머리를 바짝 숙이며 혼잣말처럼 내뱉는다. 캠프 주위에는 기습에 당황한 무장대들이 박격포 포탄을 피해 이리저리

도망을 다닌다.

"돌격조 앞으로!"

어디선가 부대장의 목소리가 터져 나온다. 나무 기둥에 기대어 있던 김헌일과 분대원들이 일제히 무장대 캠프를 향해 내달린다. 눈앞에 포탄 소리와 불꽃, 연기가 흩날린다. 무장대들이 엄폐물을 찾아 뛰어가는 모습도 보인다.

바위 위 감시초소에서 뿜어져 나오는 기관총 소리가 메아리처럼 울린다. 일렬로 뛰어가던 분대원 한 명이 힘없이 쓰러진다. 전방에서도 전열을 가다듬은 무장대의 총탄이 날아온다. 이번에는 분대원들이 엄폐물을 찾아 뛰어다닌다. 김헌일과 최는 취사용 움막을 지탱하는 나무 기둥에 몸을 숨긴다. 김헌일이 수류탄의 안전핀을 뽑은 후 움막 안으로 던져 넣는다. '펑' 하는 소리와 함께 나무 조각과 지푸라기가 사방으로 퍼져 나간다.

4분대장이 수화로 후방에 있는 부대원들에게 바위 위 감시초소를 가리킨다. 대기 중이던 부대원들이 일제히 감시초소로 사격을 한다. 그사이 분대원 한 명이 바위 밑 사각지대로 뛰어 들어가 수류탄을 바위 위로 던진다. 수류탄이 터지면서 자동소총의 파편과 함께 사람의 팔다리가 사방으로 흩어진다. 그 틈을 타 분대원들이 일제히 앞으로 나아간다. 김헌일은 최와 함께 분지 위쪽으로 향한다. 감시초소에서 쏘아 대던 자동소총 외에는 무장대들의 이렇다 할 저항은 보이지 않는다. 최는 클립을 몇 개씩 바꿔가며 비탈 위를 오르는 무장대와 총격전을 벌인다.

럭키 스트라이크를 나누어 피우며 방만식은 석호와 오랜만에 이야기를 나눈다. 혹, 이 밤이 지나고 나면 다시는 이승에서 볼 수 없을지도 모른다. 매몰된 지쿠호 탄광에서처럼 담담하게 석호가 말을 잇는다.

"윤이라는 아가씨가 보고 싶지 않나? 자네의 처음이자 마지막 연인이었지. 아마."

만식은 석호를 보며 길게 한숨을 내쉰다. 하카다 항에서의 기억이 빠르게 스쳐 지나간다. 윤과 애틋한 사랑을 키워 나갈 무렵 우연히 후쿠오카 시내에게 지쿠호 탄광의 소장과 마주쳤다 그는 방만식을 첫눈에 알아보고 경찰에 신고했다. 때문에 방만식은 윤과 변변한 작별인사도 못하고 쫓기듯 한국으로 밀항할 수밖에 없었다. 만식은 윤을 생각할 때마다 한쪽 가슴이 시려온다.

"연이 아닌 갑서."

"그때가 제일 행복해 보였던 것 같아."

"나헌텐 과분한 여인이었주."

"지쿠호에서처럼 살아남아 그녀를 만나러 가게."

"어제부터…… 죽음을 앞 둔 사람처럼 말을 하우다."

석호는 방만식을 보며 미소를 짓는다.

"자네를 끌어들여 미안하게 생각하고 있어."

"그런 말은 하지 맙써……. 나 같헌 사름은 평생 우마나 키우면 살아야 했주. 그게 운명이라 생각하멍……. 겐데 자넬 만나서 세상에 눈을 뜰 수 있었수다."

"그래서 올바른 선택을 했다고 생각하나? 더 행복해질 수 있었난 말일세?"

방만식이 고개를 좌우로 흔든다.

"아니우다. 더 비참허고 막막했주."

"그러니 날 좋게 말하지 말게."

"적어도 석호는 잘못된 세상을 바로잡고저 노력을 했주. 목숨을 걸고서라도 말이우다."

"매몰당했을 때 결심했을 뿐이야. 여기서 살아 나간다면 다시는 과거처럼 한심한 인생을 살진 않겠다고. 뭔가 가치 있는 일을 하고 싶다고…… 하지만……"

한동안 석호는 침묵을 지킨다.

"우리가 왜 싸우며 죽어 가는지 사람들은 관심조차 없을 거야. 아니 진실을 지우려 노력하겠지."

석호의 입에서 자조 섞인 웃음이 흘러나온다. 그때 폭탄 소리와 함께 불기둥이 솟구친다. 드르륵 거리며 기관총이 불을 뿜는다. 여기저기서 기습이라는 외침이 들린다. 150명의 결사대도 토벌대의 갑작스러운 기습작전에 대오가 무너진다. 우왕좌왕하는 무장대원들을 돌려세워 싸우게 할 방법은 없다. 초병들과 몇몇 대원들이 응전을 하며 시간을 끌지만 금세 토벌대에게 진압당한다. 방만식과 석호를 비롯한 대원들은 어승생악으로 이어진 진지동굴까지 후퇴를 거듭한다.

"쾅!"

하는 소리와 함께 매캐한 화약 냄새가 난다. 잠시 걸음을 멈추었던 대원들의 발걸음이 더욱 빨라진다. 대원 중 누군가 다시 수류탄을 던지는 모양이다. 거리가 가까워질수록 화약 냄새와 함께 총소리가 고막을 울릴 정도로 크게 들린다. 총탄이 날아다니면서 불꽃이 번쩍인다. 앞서 뛰던 분대원 한 명이 쓰러진다. 누군가 '랜턴으 꺼라!' 하고 소리친다.

직사각형 모양의 넓은 공간에 부대원들이 모여 있다. 진지동굴의 내벽은 콘크리트로 되어 있고 중간 중간에 통신 안테나를 올리기 위해 지상으로 연결된 작은 터널이 따로 만들어져 있다. 높이와 폭이 4미터 정도 되는 넓은 공간을 사이에 두고 무장대들의 저항이 거세다. 반대쪽 입구에는 모래로 쌓은 참호와 잡동사니들로 가득하다. 그리고 그 사이에서 총격전이 벌어지고 있는 것이다. 입구에 부대원 한 명이 쓰러져 있고 맞은편에도 대원 한 명이 총상을 입은 채 벽에 기대어 있다. 화력으로 봐서 무장대의 주력부대인 것 같다. 어쩌면 북제주를 돌며 토벌 나온 경비대와 경찰을 괴롭히던 녀석들인지도 모른다. 총탄이 사방으로 날아다닌다. 김헌일은 엉거주춤 몸을 낮춘다.

전열을 가다듬은 대원들이 일제히 반격을 시작한다. 어둠 속에서 쌍방 간에 치열한 총격전이 벌어진다. 분대장이 고함을 지르며 M1의 방아쇠를 당긴다. 뒤에 있던 분대원들도 수류탄을 던지며 무장대를 몰아붙인다. '쾅' 하는 소리와 함께 콘크리트 파편이 흩어져 날린다. 뿌연 먼지와 화약 냄새, 사람들의 비명소리가 한데 어우러져 비참한 광경을 이룬다.

수류탄 몇 개가 은폐물 안에서 터지면서 그곳에 모여 있던 무장대 열아홉 명이 죽거나 부상을 당했다. 대부분이 즉사한 가운데 한 사내는 얼굴과 몸에 파편이 박힌 채 쓰러져 있다. 팔과 다리가 잘려나간 사내도 있고 내장이 파열된 이도 보인다.

대원들은 푸줏간처럼 변한 그곳을 돌아다니며 확인사살을 한다. 분대장이 먼저 파편이 박힌 남자의 이마에 총구를 들이대고 방아쇠를 당긴다. 경련을 일으키는 사내에게도 총을 쏜다. 김헌일은 눈을 다친 사내 앞으로 다가가 총구를 겨눈다. 그러다 랜턴에 비친 사내의 얼굴이 낯설지 않다는 걸 깨닫는다. 살이 빠지고 수염이 덥수룩하게 났지만 방만식이 틀림없다. 김헌일이 무릎을 꿇고 앉아 '만식이?' 하고 그의 이름을 부른다. 벽에 힘없이 기대어 있던 그가 소리 나는 쪽으로 얼굴을 돌린다. 그때 분대장이 방만식에게 다가가 총을 겨눈다. 김헌일이 분대장의 앞을 몸으로 막아선다.

"간나! 비키디 않카서!"

"이 사람은 제게 맡겨 주십시오."

"무슨 소리디?"

의뭉스럽게 물어보는 분대장에게 김헌일은 랜턴으로 방만식의 얼굴을 비추며 대답한다.

"이잡니다. 형님을 납치해 간 사람이……."

분대장은 잠시 김헌일과 방만식을 번갈아 바라본다.

"복수를 하고 싶단 말이네?"

김헌일이 고개를 끄덕이자 그는

"좋아……. 날래 해결하고 오라."

하고는 나머지 무장대를 쫓아 맞은편 동굴 안으로 대원들과 함께 사라진다.

주위는 다시 정적이 감돈다. 랜턴의 약해진 불빛이 방만식의 야윈 얼굴과 다친 눈 주위를 비춘다. 동굴 벽면에 등을 기대고 앉은 방만식이 조용히 입을 연다.

"재미이신……. 샌님께서 검정개가 되었주."

"……."

"하멘 복수를 해야주."

비아냥거리는 방만식에게 김헌일이 입을 연다.

"형은 어떻게 되었나?"

"그걸 왜 나한테 물어보주?"

"자네가 아니면?"

"몇 달 전이우다. 성을 놓아준 게."

"그게 무슨 소린가?"

"형을 산 아래로 직접 내려보내멍 작별인사를 햅써."

"하지만 종일 형과는 아직 연락이 되지 않아."

김헌일은 비서부장의 얼굴을 떠올린다. 그가 거짓말을 하고 있는 게 틀림없다. 무엇 때문일까? 김헌일은 시종 담담하게 대답하는 방만식에게도 화가 난다. 한편으로는 그의 입성이며 죽음을 앞둔 상황이 애처롭다. 만약 그날 사찰주임과 비서부장 앞에서 감정을 내세우지 않았다면 방만식의 운명이 조금은 달라졌을지 모른다.

"지금의 자네와 내가 왜 이런 모습으로 마주해야 하는지 운명이 저주스럽네."

"어차피 내겐 똑같은 삶이었주."

"제주가 이런 난 속에 빠지지 않았더라도 자네의 운명은 달라진 게 없을 거란 소린가?"

"자네에게 난이지멍 나한텐 아니주."

"그럼 뭐라고 생각하나?"

"해방이주. 양키들 밑에서 권력 행사허는 늠으로부터 친일 했던 늠들로부터……."

"그래서 새로운 세상이 올 거라 믿고 있나?"

"중요한 건 지금의 세상이 잘못됐단 거우다……. 게매 이렇게 행동하고 있주. 여기서 죽도록 맞으멍 속느니 희망을 가지멍 싸우는 게 더 좋은 거 아니우꽈."

방만식은 고통 속에서도 자조 섞인 웃음을 내뱉는다. 랜턴의 불빛이 갈수록 어두워진다. 방만식의 얼굴도 랜턴 불빛만큼 어둡게 변한다.

"살기 위해서 총을 들었을 뿐이우다. 시작헌 사름도 책임질 사름도 없으멍 어떡하우꽈? 하멘 나 같은 사름도 있어야주. 난 후회하지 않을 거우다."

김헌일은 방만식의 얼굴을 바라본다. 차라리 그가 솔직한 말을 하고 있는지도 모른다. 잘못된 세상을 바로잡기 위해 또 다른 잘못을 저지르는 게 혁명이라면 그만큼 지금의 제주는 모순으로 가득 차 있다. 김헌일은 화북경찰서의 지하 감방에서 초주검으로 쓰러져 있던 그의 모습을, 조금만 지났어도 목숨이 위태로웠을 거라던 침바치의 말을 차례로 떠올린다.

"눈은 어떤가? 아무것도 보이지 않나?"

방만식은 말없이 고개를 끄덕인다. 김헌일은 그에게 다가가 묻는다.

"일어설 수는 있겠지?"

"동료들과 함께 있고 싶수다. 여기서 끝내 줍서."

방만식이 말한다. 김헌일은 방만식의 멱살을 잡으며 소리친다.

"정말 자넬 죽일 수 있을 거라 생각했나? 우리가 뭣 때문에 이렇게 되었는지 아직도 깨닫지 못했냔 말일세."

"게매……. 동굴을 빠져나간허멍 다른 방법이 있수꽈."

김헌일은 대답하지 못한 채 피투성이의 방만식을 바라본다.

"이곳에서 죽으멍 하우다."

나지막한 목소리로 방만식이 먼저 침묵을 깨뜨린다. 김헌일은 먹살 잡은 손을 힘없이 내려놓는다. 그리고 랜턴으로 주변 바닥을 살핀다. 바닥에 뒹구는 99식 소총과 클립에서 빠져나온 58미리 탄환을 찾아 집어 든다. 장전 손잡이를 밀었다 당겨 남아 있는 탄피를 빼내고 다시 노리쇠를 후퇴시키고 탄환을 장전한다.

"내가 할 수 있는 일은 이것밖에는 없네."

방만식의 손에 총을 쥐어 주며 침울하게 말한다. 그는 총을 받아 들며 김헌일 쪽으로 얼굴을 돌린다.

"내 몫까지 잘 살아야 하주, 헌일아……."

김헌일이 그의 손을 꼭 잡는다. 자리에서 일어난 김헌일이 천천히 맞은편 동굴로 걸음을 옮긴다. 그때 방만식이 노래를 부르기 시작한다. 해방되던 날, 별도봉 자락에 모인 곤지동 청년들이 축제를 벌이면서 부르던 '왕서방 연서'다. 막걸리에 취한 문식이와 기호가 춤까지 춰 가며 흥겹게 부르던 노래다. 곧이어 '팡' 하는 총성이 울린다. 김헌일이 반사적으로 뒤돌아섰지만 방만식의 모습은 보이지 않는다. 단지 어둠과 슬픈 적막이 흐를 뿐이다.

29

최기호를 김헌일의 집으로 옮겼다. 안방에 그를 누이고 옷부터 갈아입혔다. 일본군화와 외투, 피 묻는 옷은 아궁이에 집어넣어 태우고 99식 소총과 4발의 탄환이 들어 있는 클립은 마당 구석에 파묻는다. 그 다음 따뜻한 물로 최기호의 얼굴과 몸을 닦고 상처 부위를 소독한다. 자창이 생긴 피부는 시커멓게 변해가고 갈비뼈가 상했는지 옆구리는 부어 있었다.

상처 때문인지 잠을 설치는 최기호와 방구석에 놓인 여행용 가방을 번갈아 바라보며 홍성수는 길게 한숨을 내쉰다. 오늘이 지나면 그녀와 함께 목포행 여객선을 탈 수 있었다. 종일이 납치 당한 이후 그는 권유순과 함께 제주를 떠나는 게 유일한 소원처 럼 되어 버렸다. 하지만 죽어 가는 최기호를 외면할 수는 없다.

'어떻게 해야 할까?'

이대로 두었다가는 며칠 내에 목숨을 잃을 것이다. 그렇다고 함부로 마을 밖에서 의사나 간호사를 부를 수도 없는 현실이었 다. 그때 마루에서 인기척이 들린다. 홍성수가 조심스럽게 방문 을 여니 박이 그릇을 싼 보자기를 들고 문 앞에 서 있다. 아침을 먹자마자 최기호가 걱정이 되어 방문한 것이다.

최기호를 바라보는 박의 얼굴에 근심이 가득하다. 홍성수가 부엌에 나가 군불을 넣는 동안 박은 아내가 끓인 전복죽을 최기 호에게 떠먹인다. 그는 입맛이 없는지 몇 숟가락 들다 말고 이내 고개를 돌린다. 박이 억지로 떠먹이려 해도 그는 입을 굳게 다물 뿐이다. 박은 안타까운 듯 친구의 모습을 내려다본다. 최기호의 얼굴은 어느새 흙빛으로 변해 있다.

"아무래도 의사를 불러야겠어. 더 이상 지체하다간……."

방으로 들어온 홍성수가 말한다. 박도 같은 생각인지 고개를 끄덕인다.

"고씨 어멍 핑계 대멍 제가 모셔오우다. 걱정하지 맙서."

"조심해야하네."

"저보단 성님이……. 내일 떠나기로 했주?"

"음……."

"제가 성님을 괜히 찾아온 갑써."

박의 얼굴에 후회의 빛이 역력하다.

"그런 말은 하지 말게……. 그보단 정말 조심해서 의사선생을 불러와야 하네."

"알아쿠다."

홍성수에게 눈인사를 건네며 박은 곧장 화북으로 떠난다. 그의 뒷모습을 바라보며 홍성수는 오늘 하루가 무사히 지나가기만을 바란다.

박이 화북으로 나간 사이 홍성수는 남은 책들을 한데 묶어 김노인네로 향한다. 소설책을 좋아하는 성란에게 줄 선물이었다. 문식을 대신해 쇠마구 앞에서 소의 먹이를 주던 성란이 홍성수를 발견하고 반갑게 다가간다. 책 꾸러미를 건네자 그녀는 뛸 듯이 기뻐하며 함박웃음을 짓는다. 외거리집 문 앞에 앉아 홍성수가 가져온 책을 열심히 뒤적거린다. 마루에 걸터앉아 곰방대를 피우는 김 노인과도 인사를 나눈다. 그가

"내일이주?"

하면서 덕담을 건네는 동안 김 노인의 부인이 따뜻한 생강차를 끓여 온다. 마루에 걸터앉은 홍성수는 최기호의 이야기를 꺼내야 할지 말아야 할지를 망설인다. 김 노인은 그런 홍성수의 마음도 모른 채 곰방대의 재를 털어 내면서 다시 입을 연다.

"자네가 유순이하곡 가멍 혼저 남는 제수씨가 걱정이우다."

"그렇잖아도 그 이야길 나눴습니다. 이곳이 잠잠해지면 다시 내려올 생각으로요."

"정이 많은 사람이주. 자넨……."

하고는 흐뭇해한다.

"문식이 소식도 좀 전해 줍서."

두 사람 이야기를 듣고 있던 김 노인의 아내가 어렵게 입을 연다.

"올라가자마자 알아볼 생각입니다."

홍성수의 답변에 그녀는 눈물을 글썽거린다.

집으로 돌아가는 길에 권유순에게 들른다. 시아방이 죽은 뒤부터 입도 짧아져 음식을 거의 먹지 못하고 잠도 설친다는 이야기를 그녀로부터 듣고 있었다. 그 때문인지 홍성수가 방문했을 때 시어머니의 안색은 상을 당했을 때보다 오히려 나빠진 것 같다. 방 안으로 들어서자마자 그는 시어머니의 손을 잡으며 안부부터 묻는다. 관절염으로 손가락 마디가 굽어 있지만 따뜻하고 부드러운 손이다. 권유순이 홍성수 옆자리로 다가와 앉는다. 그녀는 두 사람을 올려다보면서 괜찮다는 듯 미소를 짓지만 눈 주위가 발갛게 물든다. 딸처럼 의지하던 권유순마저 육지로 떠나보내고 그녀는 이곳에 홀로 남아야 한다. 그런 생각이 들 때마다 홍성수의 마음은 무거워진다.

마당에 나와 담배를 피워 무는데 뒤따라 나온 권유순이 홍성수의 등 뒤에서 말한다.

"제주가 조용해지면 다시 내려오기로 했잖아요."

홍성수는 가슴께 오는 그녀의 손등을 쓰다듬으며 고개를 끄덕인다.

"떠날 준비는 잘하고 있소?"

"네. 당신 말대로 꼭 필요한 것만 챙겼어요. 그래도 가방이 두 개나 되는걸요."

"마을까지 차가 들어오기로 했으니 걱정하지 않아도 될 거요."

"그런데 무슨 걱정이 있어요?"

"그건 왜 묻소?"

"뭔가, 초조해하는 것 같아서……."

홍성수는 머뭇거리다 말고 최기호에 대해 이야기를 꺼낸다. 어젯밤 박이 찾아온 일에서부터 최기호를 김헌일의 집으로 옮긴 사실까지. 그의 이야기를 듣고 있는 권유순의 눈동자가 불안한 듯 흔들린다.

"하지만 걱정 마시오. 박과 당신 외엔 아무도 모르는 일이니."

"그래도……."

"어머니 옆에다 묻어 달라고 하더군……. 최의 성격에 부상이 가벼웠다면 마을로 오지 않고 산으로 올라갔을 거요."

"많이 다쳤나요?"

홍성수는 고개를 끄덕이면서 그녀에게 말한다.

"박이 의원을 데리러 갔으니 기다려 봐야지."

하다 말고 쓸쓸히 미소 짓는다.

"그리고 당신은 기호 일도 시어머니 일도……. 내일까지는 걱정하지 마시오. 잠시 육지에 다녀온다고 생각하면 편해질 거요."

먼문 앞까지 나와 배웅하는 권유순에게 홍성수는 들어가라는 손짓을 한다. 그러나 권유순은 이상하게 마음이 놓이지 않는다. 그녀는 작은방에서 겉옷을 걸쳐 입고는 급히 홍성수의 뒤를 따른다. 그가 뒤돌아서서

"들어가래두."

하고 나무라지만 소용이 없다. 권유순이 다가와 그의 팔짱을 낀다.

"집 앞 까지만 같이 가요. 그러고 싶어요."

홍성수는 할 수 없다는 듯 그녀의 손을 자신의 외투 주머니 속으로 집어넣는다. 그녀는 홍성수의 몸에 바짝 기대어 서서 덧붙인다.

"서울에 올라가면 제일 먼저 경복궁에 가 보고 싶어요."

"그럼. 그럼."

홍성수는 장난기 섞인 목소리로 대답한다.

연자맷간 앞을 지나갈 때 화북천에서 뛰어놀던 사내아이 둘

이 뛰어오면서 '누렁개들이 오고 있수다앙!' 하고 소리친다. 홍성수는 순간 박의 얼굴이 떠오른다. 홍성수의 시선이 마을 입구로 향한다. 야트막한 별도봉 자락에서부터 쓰리쿼터와 지프가 뿌연 먼지를 일으키며 다가오고 있다. 홍성수는 권유순의 양손을 꼭 쥐면서 집으로 돌아가라고 당부한다. 권유순이 싫다며 고개를 좌우로 흔들지만 홍성수는 그녀의 어깨를 잡으며 말을 잇는다.

"이러고 있을 시간이 없소. 시어머니와 함께 있어요."

30

어승생악 부근에서 경찰과 무장대 간에 치열한 전투가 벌어졌다는 소문이 성내에 돌기 시작했다. 무장대의 주력부대와 충돌해 부상을 입은 경관들도 많다는 말에 인선은 곧장 제주경찰서로 떠날 준비를 한다. 성진은 베창옷이라는 저고리를 입히고 발에는 누비버선을 신긴다. 찬바람이 들지 않도록 단속을 한 뒤 집을 나선다.

교통대를 지나 제주경찰서 정문 앞에서 인선은 무작정 남편을 기다린다. 해가 떨어지기 전에 토벌군들은 제주읍으로 돌아오는 게 보통이었다. 제주도청과 마주하고 있는 제주경찰서는 평소와 다름없이 조용한 편이다. 망루를 지키는 경관도 담배를 피우며 한가하게 주변 경계를 서고 있다. 가끔 군인을 태운 지프나 말이

빈 수레를 끌고 지나간다.

얼마나 지났을까. 망루 위에 있던 경관이 호루라기를 불어댄다. 마침 북신작로 쪽에서 헤드라이트가 번쩍이면서 트럭들이 들어온다.

쓰리쿼터 한 대가 경찰서 마당에 정차를 한다. 짐칸에 타고 있던 경관들이 들것에 실린 시신들을 내린다. 일곱 구의 시신은 모두 모포로 덮여 있다. 인선의 가슴이 두근거린다. 뒤이어 지프와 쓰리쿼터가 계속해서 경찰서 마당에 멈춰 선다. 두 번째 도착한 쓰리쿼터에서는 부상자가 쏟아져 나온다. 순식간에 경찰서 앞마당은 시신과 부상당한 경찰들로 북적인다. 부상이 심한 경찰은 곧바로 도립병원으로 이송된다. 인선은 도로를 건너 경찰서 마당으로 걸어간다. 부상당한 경관들의 신음소리와 여기저기서 터져 나오는 고함소리에 놀란 성진이 울음을 터뜨린다. 인선은 성진을 달래면서도 시선은 경찰서 마당을 떠나지 않는다. 어디에도 남편의 모습을 찾을 수 없다. 그녀는 떨리는 가슴을 쓸어내리며 들것에 실린 시신 쪽으로 발걸음을 돌린다. 그런데 경관 한 명이 다가와 그녀를 막아선다. 거친 말투로 물러서라고 외치는 경관에게 남편의 생사만이라도 확인할 수 있게 도와 달라고 부탁한다.

"남편이 경찰관이오?"

인선이 고개를 끄덕이자 경관은 말없이 앞을 비켜 준다. 몇 번이고 고맙다는 말을 건네며 군용모포가 덮인 시신을 살핀다. 얼

굴을 확인할 때마다 가슴이 울렁거린다. 마지막 시신을 확인한
뒤에야 그녀는 참았던 울음을 터뜨린다. 다행히 남편은 죽지 않
았다.

마지막으로 도착한 쓰리쿼터가 경찰서 마당에 정차한다. 짐칸
에서 뛰어내린 젊은 경관이 인선에게 다가와 인사말을 건넨다.
남편과 함께 집으로 찾아온 적이 있었던 최다. 인선이 그에게

"남펜은 어디 있수꽈?"

하고 묻는다. 최가 뒤돌아서서 방금 도착한 쓰리쿼터로 눈길을
돌린다. 차에서 내리는 경관들 중에 김헌일의 모습을 발견할 수
있다. 신명님 감사합니다.

"다친 데는 없주?"

그녀가 다가가 묻는다. 김헌일은 평소처럼 나지막이 입을
연다.

"난 괜찮으니 걱정 마시오."

그때 분대별로 집합하라는 소리가 들린다. 김헌일은 인선에게
집으로 돌아가 기다리라고 말한다.

"적어도 9시까지는 들어갈 수 있을 거요."

인선은 우두커니 서서 고개를 끄덕인다. 김헌일이 부대원들
속으로 사라지는 걸 보면서 그녀는 슬픔이 밀려온다. 남편의 축
처진 어깨 때문인지 아니면 넋이 나간 듯 멍한 표정 때문인지 알
수 없는 일이다.

31

중대 규모의 군인들 사이에 박이 보인다. 포승줄에 묶여 걸어오는 그의 얼굴은 피투성이다. 군인들이 집집마다 돌아다니며 마을사람들을 끌어낸다. 홍성수는 최기호를 방에서 옮기다 군인들에게 붙들린다. 소위 계급장을 단 군인이 박을 마당에 내팽개치며

"이 새끼 맞지?"

하고 묻는다. 박이 절망적인 표정으로 최기호와 홍성수를 바라본다. 소위는 최기호를 부축하고 있던 홍성수의 얼굴을 개머리판으로 사정없이 내려친다. 그와 최기호가 동시에 마당으로 쓰러진다. 소위는 엎어진 최기호에게 다가가 군홧발로 옆구리를 밟는다. 그가 고통스러운 신음소리를 내뱉자

"빨갱이 새끼. 여기 숨어 있으면 못 찾을 줄 알았어!"

하고는 입안에다가 총구를 쑤셔 넣고 방아쇠를 당긴다. 그사이 소위 옆에 있던 군인들이 홍성수를 일으켜 세운다. 그의 뺨을 때리고 '너도 산에서 내려왔지?' 하고 묻는다. 홍성수가 고개를 좌우로 흔들며 부인하지만 곧 소위의 주먹이 날아온다.

안곤지동의 모든 집들이 화염에 휩싸인다. 검은 연기가 집집마다 오르고 여기저기에서 여인들과 아이들의 울부짖는 소

리가 터져 나온다. 김 노인네와 성란도, 권유순과 시어머니도 군인들에 의해 밖으로 끌려 나간다. 권유순의 시어머니가 '집을 불태우멍 우린 어떡하우꽈!' 하고 하소연을 하지만 돌아오는 건 욕설뿐이다. 곤지동의 젊은이들은 줄줄이 철사줄에 묶여 바다와 맞닿은 자갈밭으로 끌려간다. 박의 아내와 권유순이 그들을 발견하고 다가가려 하지만 군인들이 막아선다. 박의 아내가

"우리 남펜 죄 없수다. 살려줍서!"
하고 눈물을 흘려도 소용없다.

"죽고 싶지 않거든 그 자리에서 한 발자국도 나서지 마라."
경비대원 한 명이 무표정한 얼굴로 협박을 한다. 바닷가에 끌려간 곤지동의 젊은이들은 모두 10여 명이다. 군인들은 M1을 들이대며 바다로 들어가라고 윽박지른다. 홍성수의 옆에 서 있던 박이 울먹이면서 어쩔 수가 없었다고 말한다. 병원 안에는 이미 경비대들이 부상당한 무장대와 그 동조자들을 기다리고 있었다.

바닷물이 무릎까지 올라왔다 다시 밀려 나간다. 12월인데도 바닷물이 차갑게 느껴지지 않는다. 마을을 둘러싸고 있는 별도봉과 사라오름 아래로 안곤지동이 불타오르고 있다. 멀리 권유순의 모습을 발견했을 때에는 아픔이 밀려온다. 그녀는 박의 아내와 함께 발을 동동 구르며 울부짖는다.

'그녀와 나의 운명이 참으로 안타깝구나.'
홍성수는 세상과 시대가 원망스럽다. 저승사자처럼 버티고 선

군인들의 얼굴에는 아무런 표정도, 연민도 느낄 수 없다. 소위가 말없이 고개를 끄덕이자 나열해 있던 경비대의 총구에서 일시에 불꽃이 인다. 홍성수는 가슴에 통증을 느끼며 쓰러진다. 사람들의 울음소리가 이명처럼 들려온다. 옆에 서 있던 박의 얼굴이 핏빛 사이로 사라져 간다. 홍성수는 가물거리는 눈으로 마지막 하늘을 올려다보며 날숨을 내쉰다.

화북국민학교에서 밤을 새운 권유순은 다음 날 동이 틀 무렵 또 다른 마을 사람들과 함께 동쪽 바닷가인 연딧밋에서 살해당한다. 실성한 사람처럼 멍해 있던 권유순이 최기호의 간호를 했다며 스스로 그들을 따라 나선 것이다.

안곤지동은 완전히 불에 타 그 흔적만이 남았다. 살아남은 사람들은 제주읍의 수용소로 이송되었다. 토벌에 나섰던 군인들의 트럭에 실려 가는 성란의 가슴에는 홍성수가 건네주었던 모서리가 닳은 책 한 권이 들려 있을 뿐이다.

32

첫눈 뒤에 포근한 날이 이어져 저녁 무렵엔 마치 가을로 되돌아간 느낌이다. 김헌일의 어두운 표정이 마음에 걸렸지만 인선은 애써 그런 생각을 떨쳐 버린다. 아내와 칠성로를 함께 걸으며 김헌일은 제주사람들의 모습을 둘러본다. 미군들의 보급품으로 장사를 하는 사람들도 있고 생선과 건어물을 파는 늙은 노파도 있다. 물건을 실어 나르는 지게꾼과 군복에 검정 물을 들여 파는 옷가게도 보인다. 양과자점, 국수를 파는 식당, 야채가게……. 그리고 가족을 살리겠다고 동향사람에게 총부리를 겨누는 자신도 있는 것이다. 성진을 바라보는 그의 시야가 갑자기 흐려진다. 눈물이 뺨을 타고 흘러내린다. 세상 물정에 어둡고 한없이 여리기만 한 인선이 김헌일을 걱정스럽게 올려다본다. 그는 아내에게 애써 웃는 얼굴을 한다. 그녀도 김헌일을 보며 미소를 짓는다. 구호물품을 실은 트럭이 경적을 울리며 그들 옆을 지나쳐 간다.

작가의 말

'기억하지 않는 역사는 되풀이 된다'라는 문구를 본 적이 있다. 아마 유대인 학살을 다룬 소설이었던 걸로 기억하고 있다. 1948년부터 1954년 사이 실제로 제주에서도 3만 명 가까운 사람들이 희생당했다. 정식 재판을 받고 육지형무소로 끌려가거나(한국전쟁이 터지면서 대부분 총살당했다) 교전 중에 전사한 무장대와 토벌대도 있었지만, 불행하게도 중산간 마을을 중심으로 생활하던 제주도민들의 희생이 가장 컸다. 한국전쟁이 터지면서 살아남은 제주청년들은 사상적인 결백을 증명하기 위해 국군에 편입되어 최전선에서 북한과 전투를 치러야 했고, 또한 많은 전사자들이 생겨났다.

내가 4.3사건을 처음 접하게 되었던 건 부산소설가협회에서 주관하는 소설학당에 다니면서다. 학당 동기였던, 지금은 소설가가 된 S로부터 학민사에서 나온 『잃어버린 마을을 찾아서』란 책을 우연히 소개받게 되었다. 그 책을 통해 4.3사건을 처음 접하게 되었고 많은 충격을 받았다. 제주에서 흔적도 없이 사라진 마을과 희생자들에 대한 생생한 증언과 현장을 확인할 수 있었

기 때문이다. 히틀러의 유대인 학살에서부터 스탈린과 모택동에
의해 자행된 학살사건, 유고내전과 그 이후에 일어난 인종청소,
최근의 IS 사태까지 충격적인 제노사이드의 현장은 언제나 나와
는 먼 세계의 이야기로만 치부하고 있었다.

　더구나 제주 4.3사건에서 이해할 수 없었던 건 희생자의 수였
다. 자국의 경찰과 군인에 의해 3만 명 가까운 자국민이 희생당
한 사례는 전 세계적으로도 드문 일이다. 최근의 일본정부, 특
히 아베로 대변되는 일본 우익의 과거사 문제에 대한 태도를 보
면서 우리는 분노를 느낀다. 하지만 4.3사건을 공부할수록 '과연
우리는, 우리 스스로의 과거사 문제를 공정한 태도로 바라보고
청산했는가'란 의구심을 가지지 않을 수 없었다. 여전히 대한민
국은 분단 상태에 있으며 좌우의 대립은 극단적이다. 2015년의
정치 사회적 상황이 1948년의 제주와 크게 다르지 않다는 사실
이 글을 쓰는 내내 나를 절망스럽게 만들었다.

　『레드 아일랜드』에 나오는 인물들은 대부분 전형성을 띠고 있
다. 김헌일은 친일지주계급의 지식인으로 모순된 대한민국의 정

치상황에 비판적이지만 결국 체제에 순응하는 인물로 나온다. 반면 방만식은 민중을 대표하는 인물이다. 김헌일 대신 일본으로 부역을 가면서 세상에 눈을 뜨기 시작한 방만식에게 한국은 모순 덩어리로밖에 보이지 않는다. 해방 후에도 제주는 여전히 친일 지주가 지배하는 세상이었고, 소련과 미국으로 대변되는 두 정권은 좌, 우를 선택하라고 강요했다. 이유도 없이 경찰서에 끌려가 초주검이 되어 돌아온 날, 방만식은 그 스스로 새로운 세상을 만들고자 결심한다. 그에게 혁명은 제주사람들 모두가 행복하게 살아가는 세상이었으며 끝까지 그 꿈을 향해 목숨을 던진다.

또 다른 지식인 계층의 홍성수는 죽음 직전까지 양심을 팔지 않은 순애보적인 인물로, 기회주의자였던 김종일은 자본가들의 전형을 가진 인물로 묘사했다. 그에 반해 비서부장과 사찰주임으로 대변되는 4.3사건의 가해자들과 타락한 공산주의자인 석호로 대표되는 인물들은 지금도 여전히 진행형이다.

소설에 리얼리티를 담기 위해 책의 도움을 많이 받았다. 제민

일보에서 나온 『4.3을 말한다. 전 5권』, 노무현 정부 때 발간한 「제주 4.3 사건 진상조사보고서」, 현대사포럼의 『제주 4.3사건의 진상』, 브루스 커밍스의 『한국전쟁의 기원』, 현기영 선생의 『순이삼촌』, 『마지막 테우리』, 김석범 선생의 『화산도. 전 5권』, 이태 선생의 『남부군. 상하』, 아시아문화연구소에서 나온 『CIC(방첩대)보고서. 전 3권』, 아라리 연구원에서 펴낸 『제주민중항쟁1』, 『4.3사건자료집. 신문편과 미국편』 등과 장윤식 씨의 논문 「제주 4.3사건 초기 '무장대'의 조직과 활동」, 양정심 씨의 「제주 4.3항쟁의 기억투쟁」, 「4.3항쟁과 남로당 제주도당」 등이며 그 외의 참고자료는 생략한다.

4.3사건으로 희생당한 제주도민들의 명복과 함께 다시는 이런 비극적인 일이 일어나지 않기를 기원하며.

2015년 6월

김유철

작가 약력

김유철

1971년 부산 출생. 상명대 대학원 재학 중.

부산일보 신춘문예와 문학동네 작가상을 수상했다.

장편소설 『사라다 햄버튼의 겨울』과 『레드』를 출간했다.

:: 산지니가 펴낸 큰글씨책 ::

유마도(전2권) 강남주 장편소설

레드 아일랜드(전2권) 김유철 장편소설

화염의 탑(전2권) 후루카와 가오루 지음 | 조정민 옮김

감꽃 떨어질 때(전2권) 정형남 장편소설 *2014 세종도서 문학나눔 선정도서

칼춤(전2권) 김춘복 장편소설

목화-소설 문익점(전2권) 표성흠 장편소설 *2014 세종도서 문학나눔 선정도서

번개와 천둥(전2권) 이규정 장편소설 *2015 부산문화재단 우수도서

밤의 눈(전2권) 조갑상 장편소설 *제28회 만해문학상 수상작

사할린(전5권) 이규정 현장취재 장편소설

테하차피의 달 조갑상 소설집 *2011 이주홍문학상 수상도서

모녀5세대 이기숙 지음

무위능력 김종목 시조집

금정산을 보냈다 최영철 시집 *2015 원북원부산 선정도서

효 사상과 불교 도웅스님 지음

지역에서 행복하게 출판하기 강수걸 외 지음 *2015 한국출판산업진흥원 우수콘텐츠 도서

재미있는 사찰이야기 한정갑 지음

귀농, 참 좋다 장병윤 지음

당당한 안녕-죽음을 배우다 이기숙 지음

한 권으로 읽는 중국문화 *2010 문화체육관광부 우수학술도서

차의 책 The Book of Tea 오카쿠라 텐신 지음 | 정천구 옮김

불교(佛敎)와 마음 황정원 지음

논어, 그 일상의 정치(1, 2권)

중용, 어울림의 길(전3권)

맹자, 시대를 찌르다(전5권)

한비자, 난세의 통치학(전5권)